谢谢自己够勇敢

你是最好的自己 系列

张皓宸 著

杨杨 摄影

江西人民出版社
Jiangxi People's Publishing House

谢谢自己够勇敢 / 张皓宸

"欢迎来到现实世界，它槽糕得要命，但你会爱上它的。"

这个世界本就是傻瓜的狂欢，我们都傻得心甘情愿，所以才勇敢做自己，没心没肺地认真浪费人生。而我知道，我们身在同一个磁场，相信正面的吸引力，因此才会相遇。

这本书陆续写了一年，我由一个写作者变成聆听者，生活不缺好的故事，亲密到朋友或家人，陌生到专车司机或是餐馆老板，他们成为了二十一个故事的主角，不完美，却足够勇敢。作为《你是最好的自己》系列的第二本，仍然收录了老搭档杨杨的最不像手机拍的手机摄影图，以及我们共同完成的创意插画，给你一年份的鼓励。

　　此外，我们还在书里特别设计了手写记事页。现代人习惯打字，却忘记书写的踏实，其实写字是最温柔的解压方式。你可以把故事中喜欢的句子摘抄在记事页上，或是自己手写一段故事，让这本书因为有你的参与而归于完整。

　　性格使然，我们的文字、摄影和插画一直都保持乐观，于我们是习惯，也是善意，希望这些图文能给你带去力量，如若被粗暴归于鸡汤，但愿也能为你填饱一霎，让你的世界有一点点不同。

　　希望今后每一本书的会面，我们都能像老友般谈笑风生，日子累成岁月，一起成熟，回望自己一路傻里傻气地咬牙坚持，一个人练习一个人的勇敢。

　　世界对你好，因为你值得；偶尔欺负你，相信它是无意的。有时候努力一点，是为了让自己有资格不去做不喜欢的事，为了能让自己遇见一个喜欢的人时，不会因为自己不够好而没能留住对方。为了避免与朋友拉开差距，未来也能看到同一个世界。为了看清自己最后能走到哪里。

　　岁月是慢性流浪，远方仍然是远方，如今与别人无关，谢谢自己够勇敢。

目录 contents

岁月里慢性流浪，远方依然是远方，
如今已别人无恙，谢谢自己的勇敢

01

有些人就是为了找你，
才去你们相遇的地方

单身的人总说一个人挺好，没有嫉妒也没有失望，但每当把自己打扮得人模狗样时却没人在乎，发个烧去医院吊点滴得靠自己挂号，在机场上个厕所还要拎着行李箱去时，就有那么一瞬间不想再一个人了。其实所有理直气壮的单身，背后都藏了多少苦逼兮兮的人生。

这个故事的单身主角是逗号小姐和句号先生，两人通过打车软件认识。因为赶时间又叫不到车，逗号小姐尝试各种办法未果，于是鬼使神差地把打车软件头像上的自拍换成了个长发美女，没出两秒，句号先生抢了她的单。

逗号小姐是个资深文艺青年，爱在深夜的朋友圈里写鸡汤，保持每天一部冷门佳片的习惯，二十二岁那年开了个纹身贴纸的淘宝店，一直平淡经营至今，生活永远是个未完待续的状态，感情也如是。句号先生的人生则圆满得多，含着金汤匙出生，爸妈虽然难搞但也没给他继承家业的压力，在加拿大半学半玩混了个文凭，回国就开始享受人生。自从打车软件有了顺风车功能以后，他无聊了就变成车主，只拉漂亮妹子，轻度聊骚，愿者上钩。

可能是出于买家秀和卖家秀的差别让句号先生失望了，也或者有什么其他原因，句号先生全程沉默不顾逗号小姐的问询。直到问他车上有没有水还不见搭理的时候，逗号小姐怒了，搬出为人处事生存哲学一番聒噪教育，句号先生只回了她一句，长得朴素还话多，人生够不幸的了，对自己好点，我看着都心疼。到了目的地，叫嚣着要投诉他的逗号小姐愤愤地下了车，甩上车门，做了个非常用力的鬼脸，心里 OS，最好是一辈子当司机。

然后她才看到句号先生开的是保时捷。

车刚开到三里屯，句号先生准备接单，后座突然响起电话铃，是一部套着粉色大哥大形状保护套的爱疯。心想是刚才那个女乘客的，还想着给她送回去，结果一接通就听到逗号小姐尖厉的声音大喊，你最好把手机还给我，我手机可是有定位系统的我告诉你，天涯海角我也逮你去！句号先生火不打一处来，看见旁边开过一辆垃圾车，直接摇下车窗用力丢到了垃圾车厢里。

结果最后还是被赶来的逗号小姐找回来了，因为北京的路实在太堵了。

逗号小姐当着句号先生的面打了投诉电话，声泪俱下地复述事情经过，重要的事说了三遍，请封杀这个车主。句号先生急了，你活生生断了我体验生活的后路。逗号小姐换上一脸鄙薄的表情说，是断了你泡妞的后路吧。打车软件的客服适时来了电话，句号先生没敢接，回头瞪了她一眼，咬牙切齿地上了车扬长而去，逗号小姐晃着手里的粉色大哥大微笑地行使注目礼，至此，这场荒诞的相遇结束。

事情变得有意思起来是在一周之后。

逗号小姐的纹身店铺突然收到一条差评，理由写着：卖家说是防水纹身贴，我丢到浴缸里泡了一晚上就烂了，请问哪里防水。气到肝儿颤的逗号小姐打电话过去想协商取消，但提示对方是空号，本想放弃，结果第二天又收到一个差评，到第三个差评出现的时候，买家的电话打通了。那男的气焰嚣张，逗号小姐低声下气全程把"对不起"仨字挂嘴边，突然那男的大笑，听出是句号先生后，她胸闷气短一时间连脏话都捉襟见肘，只得恶狠狠挂掉电话。

逗号小姐从未经历过差评带来的灾难，原本就普通的小店，因三个莫名其妙的差评几天内订单竟然缩水一半。执拗的逗号小姐不信邪勉强撑了

半个月，结果眼看交了房租后，银行卡的数字迟迟不见更新，不得已乖乖打回了句号先生的电话，求他取消差评。

句号先生说，取消可以，一个条件换一个差评。

第一个条件，逗号小姐亲自打电话给打车软件客服，依然声泪俱下地说上次的投诉是自己脑回路失常的一次恶作剧，她从未见过如此体贴幽默，又责任感爆棚的司机，她为打车软件公司能有这样的车主感到骄傲与荣幸。

第二个条件，句号先生说他家的阿姨住院了，让逗号小姐给他打扫卫生，为期一个月。挂着一副专业家政脸的逗号小姐到了他家就震惊了，先不说占地尺寸跟电视里那些豪宅无异，粉碎她三观的是她第一次见到可以喷水唱歌的马桶，可以控制屋里灯光窗帘空调一切东西的 iPad，以及卧室天花板是一大块可以变成星空的 LED。最让她兴奋的是体感游戏机，切水果打僵尸开赛车踢足球一应俱全，而且她发现不可一世的句号先生竟然没什么朋友，于是大发慈悲把两人的冤家大战从鸡毛蒜皮的小事转移到游戏机上，全身心陪玩，并且每次都赢他。

有次两人玩水果忍者正摆着诡异 POSE 的时候，句号先生的妈妈突然挂着一张扑克脸进来了。她说话句句带刺，说句号先生某女友的分手费都要到她头上了，于是搬出一辈子活该没人爱的论调，直刺句号先生。这样的尴尬龃龉逗号小姐都不曾有过，正义感油然而生，直接开口叫了人妈，说正牌女友在这里。

撞了冰山的逗号小姐没沉没，反倒让句号先生心里松了弦，一来二去虽然拌着嘴，但也竟然多了一份惺惺相惜的嫌弃。句号先生会时常犯病把大花臂纹身贴在家具和墙上，让逗号小姐第一次觉得自家的贴纸丑到糟蹋了美好，开始怀疑人生。他还会不时一个电话过来，说想去吃"兰拉"，于是两人坐在兰州拉面店里，句号先生哧溜哧溜吃面，逗号小姐在旁边翻白眼。终于有一次两人蹲在7-11门口吃关东煮的时候，好奇心作祟的逗号小姐问他，为什么不好好当高富帅非得要这么接地气，吃拉面关东煮当司机把妹，城里人真会玩啊。句号先生说，爸妈是谁又不是我能选的，但我是谁是可以自己决定的，至于过去在一起的那些妹子，不过是因为觉得自己不够好，那就在也不够好的人身上试错，大家互不耽误。逗号小姐问，怎么知道自己不够好。如果自己变成异性，看看会不会喜欢现在的自己，句号先生答。逗号小姐沉吟半晌，那我挺喜欢我的。那你得离我远点，说着句号先生开始往嘴里塞关东煮。两人沉默片刻，逗号小姐又问，第三个条件是什么，句号先生包着一嘴食物说，再等等。

句号先生二十六岁生日这天，他伟大的母亲送给他的生日礼物是发配他跟逗号小姐去大阪旅游，难得冰山妈妈有点融冰的迹象，加之又是始作俑者，逗号小姐只得硬着头皮

跟了去。嘴上说着不想要，身体非常实诚的逗号小姐出了机场后，整个人就像手机调到了震动模式，全程亢奋。在环球影城里抱着小黄人的公仔不撒手，在京都强迫句号先生跟她一起穿和服去寺庙里摆拍，在奈良公园举着饼干一边尖叫一边勾引身后的一群小鹿。最后两人在居酒屋喝到微醺，见逗号小姐专注吃着毛豆，句号先生突然说，第三个条件，不管你愿不愿意，我好不好，我给你七天，必须喜欢上我。因为，我已经喜欢上你了。

结果没出三天，逗号小姐就提前完成任务。

当那铁石心肠化作百转柔肠，当那既定标准忘到九霄云外，当那一厢情愿变成一生厮守，句号待在逗号身边，两人在一起，就是一段情话。

你喜欢巧克力口味的奥利奥，就算超市断货，你也会买花生巧克力夹心的，只吃掉巧克力的那一半。吃到甜的李子是要靠运气的，一口很甜，一口酸了，那就不吃了。保持专属于你的执着和难预料的怪脾气都没有关系，喜欢你的人终有一天会看见你。那些夜里听情歌入眠的失落和没有人照顾的喋喋不休都会找到归属。

有件事其实逗号小姐不知道，在他们第一次相遇那天，她叫不到车，于是把软件上自己的头像改成了个长发美女，没出两秒，句号先生抢了她的单。

但句号先生抢单的原因，是看见了逗号小姐原本那张傻乎乎的自拍，觉得跟其他女生不一样。

你相信吗，有些人就是为了找你，才去你们相遇的地方。

有些人就是为了我们，
才去了我们相遇的地方

02

这段路

只能陪你到这里了

毕业同学录里最爱写"要做一辈子的好朋友"的人，到现在很多都失联了，倒不是说不懂得珍惜，而是停停走走岔路太多，大家都脚下有风，各自灿烂，剩下为数不多还有交集的同学里，印象最深的，小序算一个。

我跟小序严格上说不算是同学，中学那会儿隔了俩班，全靠玩网游建立了迷之友情。在当时的大环境下，男女没有纯友情，男生跟女生玩要么是娘炮要么想勾搭，很幸运，我两项都占了，当时声音细确实够娘，也确实挺喜欢小序。因为她什么都大，脸盘子大，眼睛大，胸部尺寸也飞扬跋扈的，再加上她爸是我们年级出了名的最帅数学老师，就更添了光环。小序起初对我也有点意思，交换日记写了好几本，不过等到她有次去开水房打水碰见那位后，我就成了单方面意淫。

小序觉得那位像陈冠希，我酸她说是挺像的，都有鼻子有眼睛，也带把儿。那么多可歌可泣的校园爱情，小序最后选了最要命的一种——暗恋。几乎每节课下课都会去开水房打水，生怕碰见，却又好想看到他。后来打探到他上高二，在我们楼上，于是只要没事儿就站在二楼栏杆前张望。往往课间操跟我乐此不疲聊游戏的她，后来一个人做得无比认真铿锵有力，尤其是第八节体转运动，每次回头都眼带激光在人群里直扫那位。更严重的是有次升旗仪式，我们班上周总评分在年级里得了倒数，校长当着全校一顿批。小序站我旁边眼含泪花看着校长的方位，我想说她啥时候这么有集体荣誉感了，只听她碎碎念道，你看啊，那位怎么能这么帅。我当时就幡然醒悟，此前会喜欢这姑娘，应该是青春期荷尔蒙瞎起劲所致，并且起得有点儿糙。

后来小序真的认识那位了，据她说是在我们那个网游里认识的。卖藏

这个世界没有什么是不能失去的.
留下的尽力珍惜,得不到的都不重要

宝图的时候，标价后面少打了个零，结果被那位不小心买了，于是小序死缠烂打在"世界"窗口黑他，逼得那位直接甩给她藏宝图二十倍的银子，就当认栽。小序被这霸道总裁俘获，又在"世界"窗口隔空表达爱意，两人一来二去成了网友，等一见面，小序圆满了。

她偷偷地把那位的 QQ 设置成好友上线通知，不错过任何一次聊天的机会，尽管只有我知道，她每次激动脑袋空白的时间比聊天的时间要久。他们放学一起坐公交车，两个人推搡地挤在人群里，话也渐渐变多了，尽管也只有我知道，她回家根本不用坐公交车，两步路就到了。

那年冬天，成都第一次下大雪，街上无论多晚都会有年轻人在雪地里打闹。小序和那位并排走着，她冷得把脸缩进羽绒服帽子里，看着自己鼻子里呼出的白气，神经已经被冻傻，谈笑间突然对那位说，"我喜欢你。"那位马上接了一句，"我知道啊。"

一点犹豫都没有。

小序愣住，被落在鼻尖的雪花吓出了寒颤。那位说，"把手放在我口袋里吧。"小序照办了。"那只手也放进来吧。"他又说。"哦。"小序走上前转身，跟那位面对面，然后乖乖把另一只手伸进去。那位突然把双手放进兜，两人手一牵，一高一低看着对方，最后以亲吻收场。

小序说直到今天，她仍固执认为，那位是她见过最特别、最好的人，不然怎么会在自己最懵懂、最青春、最不懂爱，或许也是最懂爱的那几年，那么真切地喜欢着他。

小序和那位进入到恋人常规的相处模式，吵到天翻地覆，爱到海枯石烂。一晃到了高三，那位比我们大两届，已经上了市里最好的大学，一有空就来找小序。大学生身上自带高人一等的背光，加上生活费多，小序的生活质量也噌噌飙高，还被不少同学羡慕过。作为鸡犬升天里的那只鸡……我自然也成了吃香喝辣的高瓦数电灯泡。也是那一刻，我觉得那位是有点像陈冠希，勉强再打个七折。

后来是 SNS 社区流行起来，那位戒掉了网游，开始混豆瓣，流连于各种小组，偶尔发点照片和三两句不成文的段子，身后一群女文青追。当时豆瓣有一个交友小组，叫"假装情侣小组"，用文青体翻译是说对生活的一种态度，因为找一个人开始很难，分手的时候又是那么的痛苦，为了避免痛苦的经历，就选择中间最美丽的一段，说人话就是姑娘小伙我们看着顺眼去床上啪啪啪吧。

那位成了那个小组的常驻用户。

第一次发现那位出轨的时候，小序刚结束第一次诊断考试，成绩还不错，后来几次诊断考试直接从本科苗子一落千丈到了专科。小序没跟那位分手，不过进入冷战，任凭那位如何自责道歉，她都不动容。高考成绩下来，非常没有意外地，小序被影响得很严重，分数说出来都寒碜，选择题全选 C 应该也比她的分高。最后小序去读了科技大学旗下的一个技术学院，五年制，专业是电子商务，听着还挺有前景的，结果大一还没上完，学校就给她下了警告，因为逃课太严重。

她跟那位又和好了，常跑去他的学校跟他腻着。我问过小序好几次，真的还喜欢那位吗？她反问我，直到今天，我的所有密码都跟他有关，你说这是喜欢还是不喜欢？怎么分？这辈子，分不开了。

那位的学校外面有一个非物质遗产公园，婚纱摄影圣地和情侣栖息

地，小序跟那位躺在草地上一遍一遍听金海心的《阳光下的星星》，租自行车在公园里浪费人生，在还没修好的洋楼里接吻，两个人缠在一起从白天亲到晚上，挂着红肿的嘴巴回寝室偷笑。那时小序似乎又找回了热恋的感觉，觉得初中暗恋他那么久，不是白费气力的，他一直都是自己心目中那个最迷人的少年。

小序大二的时候，新的专业老师估计也是鸿鹄之志没处发挥，热衷于点名，三分钟一小点，十分钟一大点，被点名超过三次就不用参加考试了。小序乖乖上满了他半学期的课，那位也为了毕业实习奔波，两人多数时间靠手机联系，开始还会积极分享今天谁狗屎运碰上了大锅菜里的小强，后来寥寥几句话，最后恨不得直接道晚安。小序没大吵大闹，而是无声地把抗议都写在 QQ 状态上、微博上，但那位好像都自动屏蔽。

人与人之间的感情讲究一个共振频率，一次可以找借口说忙，两次可以说意外，但多次以后，就能知道对方心里到底有没有你。

这之后，他们快一个多月没有联系，小序终于忍不住，直接杀去他们学校找他，两人去电影院看了《疯狂的赛车》，笑到飙泪，却不敢伸手牵住对方。当晚他们在学校旁边的快捷酒店开了房间，那位洗澡的时候，小序看见他手机收到一条短信，来件人"10086"，内容是"老公，我想你了"。后来一整晚，两人背靠背躺着什么也没做，小序突然问他，你爱我吗？他犹豫片刻说，我也不知道。

那一瞬间，似乎又回到初中那个冬天，两人牵着手交换鼻息，只是她一直误会了，那份温柔并不是她独享的。

成了米其林三星备胎，小序觉得自己太廉价了，肯原谅他出轨，为他逃课，为他影响高考成绩，坏事做尽彻底贬了值，女人看不起，男人爱不上。她从没哭得这么伤心过，抱着胳膊抽泣，有些东西，即便知道它过期了，但还是抱着侥幸的态度吃，吃到拉肚子才能信，就跟抽奖券刮出"谢"

字也不信邪，一定要把"谢谢参与"四个字都刮出来，因为没办法接受啊，听到一起听过的歌，吃到一起吃过的东西，经历一切相似的瞬间，就会没自尊地去挽回。

大二一结束，小序就被她的最帅数学老师送去了法国，也是到了那个时候，我才发现从前不可貌相的同学都是隐藏富二代，成批盖上外国的戳，四面八方地送出去。因为时差的缘故我跟她的联系也变少了，最多就是在她的博客、人人看看她的近况，看到几张身材走样的照片，还会好心提醒她，脸本来就大，别太任性。

我从来都没敢问小序后来的心情，我知道，爱情比任何事物都顽劣，它不会以你想象的那样发展，你以为那个人来到你的世界，他就不会走，你以为他走之后前路险恶再也不会这样爱一个人了，但最后会有另一个人出现，把回忆变得微不足道。时间最会骗人，但也能让你明白，这个世界没有什么是不能失去的，留下的尽力珍惜，得不到的都不重要。

"唯愿你以后有酒有肉有姑娘，能贫能笑能干架，此生纵情豁达。"

这句话一度占据小序个性签名很长一段时间，我点赞的时候，发现那位也点了赞，小序竟然没有拉黑他。

后来我跟小序见过一次面，她弃自己的身材于不顾，我呛她要不是出于革命情感，我也是不太想跟她做朋友。席间又聊起那位，说是好像已经结婚了，在同学的朋友圈看到，一个特别土俗的婚礼现场，那个新娘子是个脸比她还大几号的路人，当然，胸比她小太多。

那年法国国庆日，巴黎铁塔被烟火包裹，小序发信息给那位说，我们还是做普通朋友吧。不久后，那位回了信息，小序直接关上手机，仰头看天空。她说，分手以后，才知道心里有人真的曾进来过，但时间久了以为忘不了的也在不知不觉中忘了，他生日什么时候来着，4月……算了，终于是忘了。

我说，记得也好，最好忘掉，就让那段记忆好好放着，不打扰，不是你的温柔，而是你太聪明。

如何跟喜欢很久的人说再见？时间懒了点，没给我们明确答案。

不过真正地放弃一个人是无声无息的，不会把他拉入黑名单，不会删掉他的电话，看到他过得好可以毫不羡慕地点赞，即便路上碰见也可以给一个恰到好处的微笑，只是你心里清楚知道，你们不会再热络地聊天到深夜，不会因为他矫情到死阴晴不定，当初那么喜欢，现在那么释然，没有犹豫，这段路，只能陪你到这里了。

对不起，真的就喜欢你到这里了，感谢你在昨天出现，现在我们都很好，留下的当作故事，离开的后会无期。

永远热情，永远快乐，
你要的生活，
只能自己给配...

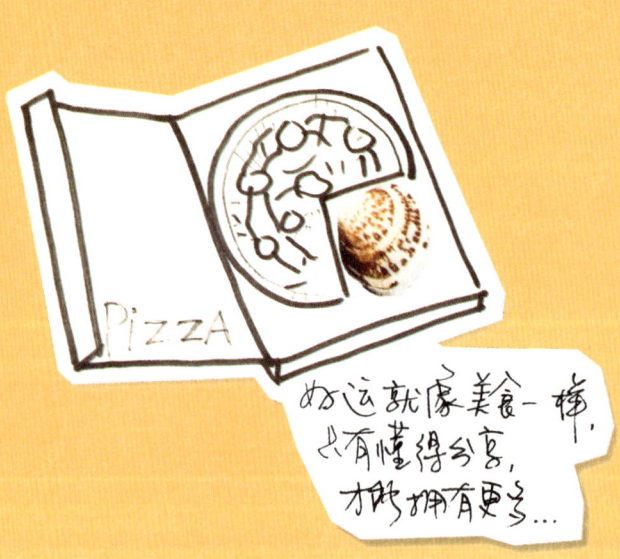

好运就像美食一样，
只有懂得分享，
才能拥有更多...

愿夜里有人为你亮灯，
你爱的那个人，
也曾住进你的人生……

no.1

贝壳物语

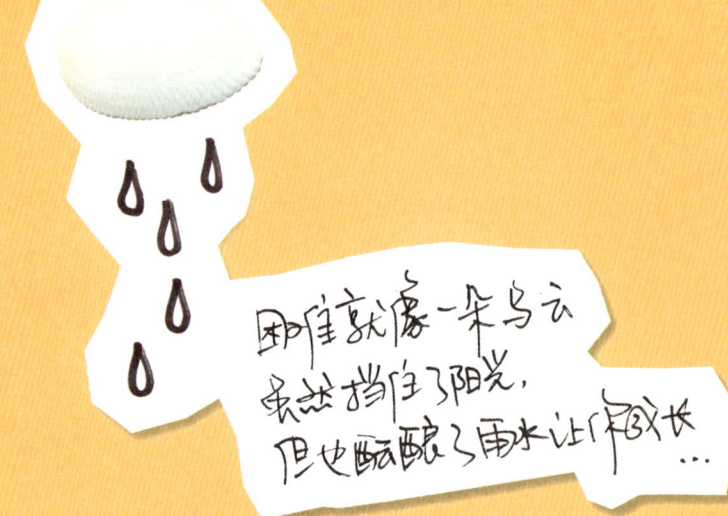

给自己多一点疼爱，对生活多一点信心。

人生需要忙碌，
只有不停踏往前，
才没时间想太多…

活着不是为了取悦别人，
只要自己开心，
就不用特别在意，
别人对你的看法……

那些淤积太多情绪的人，
多半是不懂如何发泄
……

只要今天比昨天好，就是前行路上最大的幸运。

保持一两个小缺点，到死不改也没关系，那正是你可爱的地方……

03

好朋友就是把好东西
带到生命里的人

一直觉得"朋友"是个很妙的词。看起来比"恋人"平淡，又比"陌生人"要脸红心跳。

已然翻过二十五个年头，再提到这个词还是五味杂陈，甚至比那为数不多的几次恋爱都要刻骨铭心。时光经过了我们，也还是有那么几个走不散，一张损嘴，一颗真心，就组成了好多年。

上小学时的我是个典型的技术宅男，朋友不多，玩《仙剑奇侠传》98柔情版认识了几个兄弟，一到周末就三五个挤在我家电脑前走迷宫过剧情，上体育课还要玩真人角色扮演，那个时候他们老让我演赵灵儿，虽然嘴上骂脏话但心里甘愿，因为每次搞怪扮丑的时候都能把围观的女生逗乐，当时我喜欢的女生也在其中。不过鉴于那女生光芒太刺眼且早恋该死，我的懵懂暗恋无疾而终，倒是跟几个兄弟培养出了革命感情。升初中的时候因为没分在一个班还跟家长老师闹过，后来是我们妥协，说下课要约出来一起玩，放学要一起走，要做一辈子的好兄弟。

当然，我们没兑现诺言，初中三年一过突然就变陌生了。

后来上大学的时候，在车站碰见过其中一个兄弟，他变了样，身边还跟着一个女生，我没敢认，听朋友说他们毕业就要结婚了。还听说另外一个兄弟大三当交换生去了美国。当初我们因为结局赵灵儿的死还不争气地在电脑前抱团哭过，后来出了胡歌的电视剧版，只剩下我一个人哭。想想还是挺伤感的，不过没关系，只要他们过得好，我也开心。

诸如此类的人生遗憾还有很多。比如初中爱上听流行歌曲，恰逢班上周杰伦、林俊杰、S.H.E几派纷争。我同桌也是个爱音乐的男生，胖子一枚，我叫他大庆。大庆家里有钱，我们还在用复读机听磁带的时候他就已经抱着 CD 机傲视群雄了，每到下课，我俩就分享一副耳机，就连放学也要一起去学校对面的音像店，跟老板娘刷好几回脸熟才肯走。我们唱着"圈圈圆圆圈圈"，唱着"我要一步一步往上爬"，等过预售专辑，课堂上做过偶像剪报，酒店里堵过明星。本说有福同享有难他当，结果在我们这么浪掷了三年青春过后，我中考光荣落马，连本校的高中部都要靠老爸找关系才能上。大庆呢，不尽好富二代的本分，偏偏做个隐藏学霸，毕业去了市里最好的重点高中。

当时手机发条短信一毛钱，发五条都可以买包辣条了，我这等屌丝只得作罢，用起最古老的书信方式跟大庆联络感情，久了便失了趣味，信笺之间的字句忘了，只能依稀记得信封上那句标准的"谢谢邮递员"。

跟大庆失联后，很快在高中找到下家，以我座位为圆心的一圈男男女女，后来都成了朋友。那时父母老师把"高考完你就解放了"这面锦旗早早颁给了我，因此我的高中生活变得很平淡，除了学习还是学习。我们这几个熟稔的朋友，一起给对方出拼音题，一起加入书友会，一起顶着熊猫眼和满身试卷油墨味战战兢兢地走这座独木桥，高考成绩下来，也没负那一起征战的时光。

我在毕业同学录上给他们每人写了一篇八百字作文，措辞大概都离不开"一辈子的朋友""永远在一起"这种矫情的字眼。结果到现在，他们在哪里、在做什么，我全不知晓，唯有在电影里书本里看到"高考"二字时，想起那些累成狗的岁月，几番感叹罢了。

抹一把泪，不是不珍惜，而是我们谁都没逃过时间的流逝，距离让我们生活在同一片天空下，却给了两个平行的世界。

有些人还没来得及告别，
时间就霸道地给了一个拒绝。

    毕业后我成了北漂，为了要跟爸妈独立，全靠自己写稿来支撑生活，最穷困潦倒的时候连房租都付不起。那会儿，还好有奇异果先生收留我，他是个跟我生日只差两天的逗比，所谓的独立音乐人，但我知道，这不过是一个徒有其表的称号，背地里是个几近穷酸的秀才。他跟我一样，不愿父母挂心，报喜不报忧，经济情况也不容乐观，于是我俩挤在他在天通苑租的次卧里生活了几个月，每天叫十二块钱的盒饭吃到想骂人，但也没忘了我们游荡在北京的初心，我趴在床上码字，他戴着耳机一首接着一首写歌。

心里想着——梦想还是要有的，万一实现了呢。

我之所以叫他奇异果先生，是因为与他的大名音同，且他那为数不多的粉丝也叫这个水果名。我不爱吃奇异果，在我印象里，那是每一口都泛酸的水果，就像当时跟他相处的那段短暂时光，酸酸的，落魄地为梦想亏待生活。万人狂欢的跨年夜，我们在小次卧里伴着他的新歌跳舞，那个时候，我们共苦，以为等今后好了可以同甘，可真等到现在两个人生活顺遂的时候，却不像过去那样热络了，倒不是有了隔阂，而是好像彼此默契地成为对方的后备，关注着，点着赞，你好我也好。

记得我找到住处，从他那个小次卧搬走那天，奇异果先生对我说，想想这段时间真的挺开心的，不说什么遇见你让我变得更好这样的话了，就一句，至少在我现在最好的时候，能有你一起分享。

这是他逗比那么久唯一矫情的一次，我恨不得丢了行李跟这个好基友日月为证歃血为盟。

从奇异果先生那儿搬走的契机，是因为出版了第一本不成气候的书后，认识了一圈同行，杯盏间似乎把彼此的性格和好形象都烙在心上，动辄会因为一首歌抱头痛哭，会因为一次三国杀谁是卧底的游戏编上好大一段你侬我侬的友情箴言。那段时间大家经常在一起，活得特别文艺，也因此变得多疑，怀疑朋友是不是真心对你，像是爱上哪个姑娘后嗅觉敏感的私家侦探。后来因为一些误会就丧失了继续交往的信心，不是都说了么，那些会误会你的人，从一开始就直接跳过了信任，你的所有解释，不过是骗自己对方还在乎你的借口罢了。

恍恍惚惚又是一年，终于找到适合自己的路，出版的两本新书成绩都不错，梦想算实现了大半。我写着那些疗愈别人的故事，潜意识也告诉自己，你必须要更坚强，更懂是非，带去更多能量，久了也自成一颗强心脏，像飞人般略过了很多弯路。

这之后当然又认识很多新的朋友，但心智早已成熟，不会在一开始就承诺一辈子，不会对别人抱有过多期待。知道别人帮你是运气，不帮是应该的这个人生大道理。很少去酒局，很少玩桌游，很少熬夜，很少为非作歹。哪怕冠着朋友的称谓，也很少有相聚的时候，但时间不会让我们缺失共同语言，每一次隔了好久的见面，也就像昨天才聊天玩笑过。

后来发现，越是情浓，相处越是平淡；越是真实，越不需要热闹的假象。聚时一团火，散时满天星，是最舒服的方式。

朋友之间最好能一起进步，今年大家在一起只会喝酒唱歌玩桌游消磨时间，明年就会头脑风暴商量一起做件大事，能让朋友渐行渐远的从来都不是距离的远近或是联系频率的多寡，而是价值观变得不同而觉得脱离了彼此的世界，一个正在未来，一个还留在过去。

《与神对话》里写道："如果不能成为别人的礼物，就不要进入那人的生活中"，所以最好的友情，应该是让别人拥有你，跟拥有礼物一样吧。

有天晚上神经质地点开 QQ 空间怀旧，上面还是那么多玛丽苏段子和火星符号，加了锁的相册里面全是大学时跟室友胡闹的照片，看到我们寝室那个接吻狂魔就想哭，我们寝室四个都被他亲过，我还说他一定是gay，妈的结果他现在都结婚了，老子还是单身。好友的相册里还有好多都快叫不出名字的人，有的胖得对不起进化论，有的整了容，有的小孩都两个了，有的刚考上了公务员，还看到小学时喜欢的那个女生，脸上长了好多痘痘。

突然觉得青春恍若大梦一场，但醒来后的怅然若失，也不过如此。我可能此生再也不会跟小学那几个兄弟相聚了，大庆终于消失在我的世界里，飞扬跋扈地当好他的富二代，我也不会再敲开奇异果先生的门，问他，兄弟，借个宿呗。

有些人，相遇时没想过会失去，但此刻已永远地失去，还没来得及告别，时间就霸道地给了一个拒绝。

最近在蔡康永的节目里，听到他说了一席话，大意是说，友谊这件事现在被包装得非常华丽跟高贵，但等到我们人生历练多了之后就会发现，人生的每个阶段会有不同的好友，所以不要把友情放到一个高度上，而是成为你生命的厚度，好朋友是把好东西带到我们生命里来的人。回头想想，其实真的是这样。

有人把人生与朋友的关系做了很多比喻，我觉得最贴切的还是像列车，有人在这站下，有人下一站，也有人终点才下，每个人都有每个人的去处和目的地，他们下了车，你别挽留，因为会有新的人上来，能陪你到最后的，只能说你们目的地相同，那些离开的，就成了最好的回忆。

而人都是靠回忆活着的，愿他们安好，比自己还要好。

04

活着便是平淡一生
最好的安慰

有时候回头看我们经过的路，都挺不容易，从还是小孩子的时候，就听大人说，成绩好了，考上好大学了，人生就开朗了，结果从新手村出来，才发现很多地图还未开启。一路碰壁磕磕绊绊，伤痕累累地出现在某个既定的人生制高点，用一副沙哑的嗓子喊，我若不勇敢，谁替我坚强。

低谷小姐把我最新发的微博截图传给我，说你们这些文人不好好说话，一句话能说完的事非得扯成十句，其实高度总结下来，就一句：只要活着，就会有好事。

低谷小姐是我大学同学，也是唯一在她面前我攻击力为零的女人，即便我平时再能言善辩，靠一笔杆子定乾坤，在她面前只能缴械投降，俯首称臣。因为我知道，她的人生就是一锅励志的心灵鸡汤，拼经历比惨，撂穷酸道理，对她来说都太小儿科。

我最初注意到她是在大一，那时她跟一个矮个儿文艺男谈恋爱，两人跟连体婴似的牵手上课吃饭偷菜取快递，高频率秀恩爱。不巧身为单身狗的我总碰到他们，低谷小姐头发自然黄，常穿一条背带裤，她脸盘子大，但眼睛小，每次看我都自成一副轻蔑的鬼样子，我当时就想，太妹和小白脸的爱情，能有几年嘚瑟劲儿。

接下来有段时间，我不常见他俩，直到大一快结束，有天在学校的中央湖边看到低谷小姐一个人坐着，本想默默路过，结果她叫我名字，张皓huan。妈的那个字念 chen，做了一年同学你还不知道我叫啥，一口气憋得我直愣愣坐在她身边，鬼使神差地聊开了。问到她那个小男友，她脸色一沉，把袖子撩起来，伸出手腕，露出一道结了痂的小口子。

她跟小男友分手了，男方劈腿，爱上了工商系的学姐。刚分手那几天低谷小姐过得非常浑噩，宅在寝室里，不吃不喝，蓬头垢面地一遍遍给男友打电话，后来男友索性关机，低谷小姐脑子一片空白眼泪直流，跑到卫生间一个人声嘶力竭的。当时是凌晨，低谷小姐哭得已经意识模糊，操着一把水果刀对准手腕念叨着想死，但转念又想，姐才十八岁，这一死，今后怎么去住大房子，怎么和爱人养猫，怎么说走就走去旅行。想着未来的种种美好，她突然一点都不伤心了。末了，结果在卫生间踩滑，被自己误伤，真的把手腕割出了口子。

低谷小姐告诉我在她三岁时爸妈离异，她跟着爸爸，但她爸后来找了个年纪跟她相仿的后妈，两个女人每天吵得声势浩大。低谷小姐想尽一切办法让他们离婚，终于让原本脾气就臭的爸爸破了底线，动辄一枚烟头烫到低谷小姐胳膊上，还把"断绝父女关系"成天挂在嘴边。

她平淡地说，这些年我都住在市里的姑姑那，我爸的脸都快忘了，也难怪，以前那么血气方刚的一个人，被我折磨得毫无办法，他恨我，我也认了。

看她经历这番风雨后还是一副不痛不痒的样子，我立刻就被这姑娘折服了，我们聊得越来越投机，后来变成她来我寝室楼下等我一起去上课，约着去校门口吃二十多块钱一位的冷锅鱼，刷遍新上映的电影，以前看都不敢看的跳楼机、悬挂式过山车，也被她拉着坐了。

低谷小姐身上就像有一块活性炭，随时吸附着负面情绪，但总能以一种很洒脱的方式分解。不过，其实她并不是心甘情愿走在这片谷底，真的好像很享受折磨似的，而是很多事你不问她就不会说。就像我也是后来才知道，她那个小男友看我们这么亲密还试图挽回她，但被低谷小姐拒绝了，

不管好的坏的，时光都会一直流逝。
流入岁月里，成了平淡一生最好的回忆。

她说，刚刚从食堂出来，我看你还牵着那学姐呢，你幼稚归幼稚，别耽误了人家。以前都觉得爱情是斗智斗勇，非要什么都看得透彻，把所有的事都掌控才能够维系你和我。现在才懂，在爱情里面，傻一点，才能更快乐。因为你曾经是我想要过一辈子的人，没必要争个高下。但现在好了，我们没有在一起，以后也不会了。

这之后我更加膜拜低谷小姐，大学四年一直守候在她身边，看她从情伤里走出来，狠心剪掉长发，把自然黄染成了黑色，发尾烫起小卷。还去成都一家很有名的照相馆拍了一套写真，说是斥巨资给这段回忆留个纪念。

或是落俗地说，从头开始。

毕业后的低谷小姐留在成都，我去了北京，临走前，我还认真地给她发了条信息：别想我，既然不能相濡以沫，不如相忘于江湖，走你！

低谷小姐在家宅了很久，她爸真的跟那个后妈离婚了，父女俩又闹了一阵不愉快，后来那个口口声声说要断绝父女关系的老爸发来一段诚恳的信息，说这辈子只有她了，让她别再生他气，别再把他拉黑名单了。两个人和解，低谷小姐跟她爸回了老家，还经她爸介绍去某房地产当了销售。

因为这个工作，遇上了她现在的老公。

她老公是一个可爱的胖子，深圳人，当她把他们的结婚照发我时，我一度怀疑低谷小姐还没从那个小白脸的情伤里走出来，有点放任自流，因为我觉得以她的资质怎么着也得找个颜值是资本主义国家的。后来她毅然去了深圳，当全职太太，在朋友圈里频繁秀恩爱，抱着那个胖子卿卿我我的。我想，原来这就叫真爱。

再一次见到低谷小姐是我去年出新书到深圳签售，她牵着老公出现在人群里，我嚷嚷着你干嘛要排队，她给我个尴尬的表情，问我能不能拥抱一下，我大方抱上去，感觉她身子在抖，她好像瘦了，连那标志性的大脸盘子也小了一大圈。

本以为是错觉，签售结束后，她单独约我吃日料，几杯洋酒下肚，她问我是不是觉得她变老了，我打趣回她，好像是，浑身妈妈味，准备什么时候要小孩啊。她沉吟半晌，然后继续用她那张无所谓的脸，充盈一抹笑，回答我，我生不了小孩。

她得了一种叫重症肌无力的病，当销售的时候，抬手臂就已经很辛苦了，后来伴着胸闷、无力，连吞咽都有点困难，这个病严重到说是后半辈子可能就要躺在床上了，但好在低谷小姐靠药物撑着病情没有恶化，但很多西医还是反复叮嘱，做好心理准备不能有小孩。

不争气的我当时在日料店眼睛就红了，觉得她实在太不容易。她细嚼慢咽地吃着生鱼片，往日那大喇喇的声音也变得低沉，刘海把她的小眼睛遮住。我问她，胖子他们家人什么态度。她兀自摇头，叹了口气，又补充说道，但我老公对我很好，我们刚同居那会儿，有一次他去北京出差，我当时感冒一个人在家，后半夜突然喘气困难，全身抽搐冒冷汗，我那个时候第一反应是可能要死了，只能挣扎着给老公打电话，他听我已经没办法完整讲话就知道出事了，他打了120，后来再睁眼就看见他坐在我床边。他说他可以不要小孩，但不能没有我。这件事之后，他就跟我求婚了。

听完这个故事我心里给那个胖子点了三十二个赞，心想或许这也是低谷小姐的福气，她在谷底徘徊了这么久，终于有一朵云为她遮挡烈日，有一阵清风为她吹散迷雾，她这一生颠沛流离，不至于落得孤独，有她这无畏态度，人生也澎湃无辙。

可惜非常讽刺的是，就在去年全世界都在过圣诞的时候，她一个电话打来，哭得抽搐，话都讲不清楚，但意思我听清楚了，她说，胖子出轨了。

具体情节恕我不再赘述，但凡出轨，不外乎只有一个原因，就是不爱了。不爱，是两个人分开最无理的理由，还逼着另一方，只能接受。

那天低谷小姐本来要跟胖子一起去大理的，机票都买好了，后来她自己一个人去了。看她在朋友圈拍的客栈的猫，洱海的落日，清汤寡味的配文，还分享了一首歌，是个叫不出名字的新人，他把木心的那首《从前慢》谱了曲。清澈的声音唱着，从前的日色变得慢，车、马、邮件都慢，一生只够爱一个人。我间或问她在干什么，生怕她做什么傻事。她直接拆穿了我的心思，放心，如果能够活着，我一定会好好活着的。

结果还是低估了她自我疗愈的本事，我不问她不说，那我宁愿让她不再撕伤疤了，无能为力的事，就顺其自然吧。

那一刻，我似乎也变得无比豁达，感同身受，我也经历过失恋，也被大小挫折玩弄过，曾经以为，上帝为你关上一扇门，同时也会倒下所有的墙，一夜之间发现什么人都不可依，什么也不再笃信。但后来独自蹚过这浑水，才知道人只有在低谷的时候，才是清醒的，因为拥有了再失去，拼命过又被打击，要比什么都没有更让人难过。

前两天看她朋友圈好像又去了西安，问她现在是个什么计划，微信里她声音很抖，说自己五点就起床跑马拉松。离婚后，胖子给了她一笔分手费，她太久没工作，先四处玩玩，最后只要不在深圳，不回成都，找个没人认识的地方，重新开始生活。

我打趣说，老朋友，北京欢迎你。她说，得了，全世界都可以考虑，就皇城根不能去，大学那么多人里，就你还记挂着我。

也是那天，我问她能不能把她的故事写到书里。

她欣然同意，还给我一连发了好多当初的日志，说是提供素材。末了，提到徐熙娣说过的话——现在所有的细节我都记得，但是对我来说，竟然都变成了好的故事。她叮嘱我，其实不希望我把胖子写得太差，毕竟当时他明知道不可能有孩子也坚持跟她结婚，这两年对她也是真的好。感情这种事始终是两个人的问题，她现在也没有恨他。

我应许略去这段，但真心也希望胖子能看见，不管这个女人有多么好，或是在你们相处中有哪些我不知道的坏，她都不属于你了，谢谢你把我当初认识的低谷小姐，完好地还给我。

按照惯例问到给她起个什么小姐名时，我问"低谷小姐"行不行，她呛声说姐我不低谷，一直在高潮。我说剧情需要，她妥协道，好吧，那顺便再帮我征个婚。

写这篇故事，不是为了揭朋友的疤，而是想用一个外人看来不可能同时发生在一个人身上的故事，告诉所有在经历低谷的人，正戴着的镣铐与必经的挫败，是你一辈子用什么都换不到的人生体验，也许你后来的顿悟都归咎于那时的一个决定。低谷不可怕，可怕的是自己急着承认失败。

是谁曾许下壮志豪言，却被一两个难处吓得躲在被窝久卧不起，心想若是酩酊大醉一场，便是心痛最好的解脱，要知道，不管好的坏的，时光都会一直流逝，流入岁月里，成了平淡一生最好的安慰。

嗯，低谷小姐，优质青年，非诚勿扰。

实景生活……

如果不知道
能成为怎样的自己，

那现在就先做
你能做好的事，

我们都把
焦躁的情绪放一放，
往幸福的方向去吧。

05

亲爱的树先生

亲爱的树先生：

平时提及你的时候不多，我知道你一直期待我有一些文字是专门留给你的，但不知该用怎样的笔墨送你，后来想想，不如以信代替吧。

朋友看我们出去玩的照片，说你有福相，还说我特别像你，眉毛浓得像蜡笔小新，笑起来有孩子模样，我其实挺不乐意，谁叫你现在身材走了样。他们肯定想象不到，年轻时的你也曾叱咤风云，帅翻一整条街。作为一个时尚弄潮儿，你头发烫成钢丝卷，橙色眼镜吊着银链子，最爱穿花衬衫，还要解开一半扣子，下身要么是超短牛仔裤，坦诚地露出两条小细腿，要么是雪白喇叭裤，永远摆着一副像是要跳迪斯科的架势。必须承认，没人比你更好看。

因为应酬灌下的一杯杯酒，让你中年发福，每天挺着像是怀胎十月的大肚子，衣服裤子永远XXL，中年人的乌托邦原来非常丰满。我从小都特别怕你喝酒，别人喝醉要么发酒疯，要么睡大觉，而你醉酒会集合铁齿铜牙纪晓岚和快嘴李翠莲于一身，点根烟然后拉上我唠超过两个小时的嗑，讲你小时候务农有多么辛苦，每年春节才能咬上一口肉，以及跟我妈热恋时写了多少封情书。最惨绝人寰的是，每每讲到动情处你一定会哭，还是嚎啕大哭那种。你能体会吗，我一个被油墨试卷压得快背过气儿的义务教育少年，回家还得装出一副很享受的样子听你讲故事，然后还要把你揽在怀里，安慰道，乖，我懂，别哭了。

我的童年真的特别带感，但也万分庆幸，酒精暂时把那个生活里嘻嘻哈哈的你藏了起来，把你软弱又可爱的那一面毫不避讳地暴露给我。

印象里你打过我两次，一次是小时候去游泳，我非要穿新买的球鞋不

肯换拖鞋，那时你年轻气盛，见不得我作，直接操起晾衣竿就在我屁股上留了红印。另一次是你给我讲应用题，我一度觉得数学这门课特别反人类，算那些关我屁事的纽扣个数和做衬衫的实际天数甚是荒唐，讲了好几遍我都听不懂，你气得狠狠拍了我的背。

　　当时大家都年轻，你别记在心上，我也没怪你的意思。但不好意思我记在心上了，反正后来你每次说你从没打过我，我都会搬出以上证据来成为永恒的谈资。

　　要的就是辣么任性。

　　你并非传统意义上的那种好男人，相反，甚至有点懒。好在你娶了我妈这个神勇铁金刚，包揽洗衣拖地做菜人体闹钟一切职能。但我妈不在家时，我们一定默契地衣服裤子乱丢，床上四件套每天起床什么样睡觉什么样，等我写完作业再一起刷植物大战僵尸。你会做的饭是煮方便面、下速冻水饺以及微波炉热一切，但说实话，我妈不在的日子，我吃啥都是香的。

对了，你很爱看抗战谍战剧，常常没事坐在电脑前就是一天，满腔爱国热情。我一直觉得谍战四大天王分别是柳云龙、于震、张嘉译和你，如若把你放到那个年代，我今天一定能在历史书上与你相逢。

不小心说了这么多让你直摇头的囧事，那来说说你惊为天人的优点吧。在我小学时，你是厂长的秘书，每天的工作就是写发言稿，给厂报写专栏，经常一个小时不到就洋洋洒洒写下几千字的长篇大论。后来我见识过作家界多少小快手，但都没能撼动你这台码字机在我心中的地位，可能我写作

的天分也来自你的优良基因。有件事没告诉你，我觉得你的字体特别酷，那会儿常把你写的手稿偷来，模仿你的字体练字，尤其是咱家的"张"姓，一定会写得无比飘逸，下笔如有神助，仿佛代表了整个世界的张家人。

你是静若处子动若疯兔的典型。除了写作，还爱一切与车有关的东西。刚从老家来成都那会儿太穷，就买了一辆特大号的自行车载我兜风。后来玩朋友的摩托车，每晚载着我妈，把我夹在中间顺着宽广的大道狂飙。终于有了自己的第一辆四轱辘车后，我们直接杀去了泸沽湖，那些盘山公路你开得极稳，举手投足间似乎有点速度与激情的味道。我问你是怎么学会开车的，你说年轻时有个兄弟家里是运货的，常开他家的卡车玩，有次还直接开到了重庆。我笑说真厉害，你接话，而且那时没有考驾照，就靠着一颗胆子。听完我乖乖系上了安全带。

你是一个特别大方的金牛座，对家里不省，对外人也不省，而且还一根筋，没什么能烦得住你，最后就落得个老好人的形象。家里亲戚有什么需要借钱的事都会拜托你，哪怕在公司的晋升上被小人抢了机会，也不爽个几天就云淡风轻了，安慰自己终于不用应酬喝酒了。我一直挺佩服你这点的，有一个特别温柔的世界，而且永远不会被外界打扰，容易满足自然活得快乐。

现在我能这么安逸地在北京生活，也多亏有你。当时我决定到北京，你是最支持我的，为我打点一切，把我送到北京后就任我自然生长，不像我妈一天没跟我打电话就好像会得病似的。我们经常半个多月都聊不上几句，但你反而特别了解我，默默关注我的一切，像是植物大战僵尸里的坚果墙帮我抵抗一切亲戚的碎嘴和我妈过分的担心。你会在家庭会议上主动

教育我妈，说不要整天像个八卦记者一样问东问西，也不要像一颗定时炸弹一样，逼着让儿子赶时间计划何时结婚何时买房，现在就是该拼该闯的年纪，会有的到了那个时候自然都会有。你也会在我们第一次旅行时敲敲我妈的脑袋说，儿子既然带你出来了就学会享受，不要吃啊玩的都担心花儿子的钱，他有这个能力就让他表现，泼冷水没意思。

你给我说老实话，是不是在我心里脑里装了个窃听器，否则怎么完全知道我所思所想，毫不费力就用你的智慧给我的生活添置了很多惊喜？

现在说起来，经常会感叹像我这样的"90后"都已经二十五岁了，但常忘记你竟然也年过半百，总觉得你还是当年的那个人。不过每次回家看你在机场人群里朝我招手，也觉得你一点没老，就算多了皱纹，对我笑

有个习惯的比喻,都说父爱如山,
但我知道偏执如你,根本想做山,
山太远责任又太重,你就想做树,
温柔地待在我身边就够。

的样子依然特别好看。我的行李很重，家里也没电梯，你总是任性扳开我的手，偏执地一个人把行李拎回家，然后强忍着不喘气。你啊，就像那些好莱坞电影里的英雄，经历了地震火灾龙卷风星球大战永远不挂，但特别怕输。

怕输给时间对吧。

我在北京一个人生活了三年，三观完全重建，见你们生活除了上班就是麻将，就想用吸引力法则和自己的生活态度改变你跟我妈，但几次下来都是无用功。后来是你告诉我，很多时候不是你们不想改变，而是你们走得比较慢，而我已经看见了更大的世界，有更遥远的梦想，你们必须花时间追我。在这个追赶的过程中你们其实很快乐，不是因为今天看了一场电影或者去哪里旅行，而是因为看到我过得好，你们就很开心。

我不轻易哭，你也不太适合煽情。但写到这里还是忍不住鼻酸，可能今天北京空气比较糟吧。

说了好多特别官方的点滴，结尾就单独对你说几句心里话吧。

你喜欢抽烟，指节间被熏得发黄，还记得我小时候常抬起你的手闻半天，然后皱着眉说，你别抽了，就连现在看到照片上那些吸烟者的肺，都会不自觉发给你。经常听你在厕所里咳得好辛苦，可你就是无动于衷，某次进了医院后试图戒过烟，但你这性子坚持不了多久就又抽上了。你曾对我说过，人啊，活到哪一天是哪一天，别强求，放心，到那一天我也不会拖累你。

可是笨蛋，能不拖累么？你如果到最后那一天是不舒服地睡着的，那会拖累我一辈子，不累人，累心。

还有啊，每次好不容易跟你聊上天，你总嬉皮笑脸地说，嘿嘿，其实你刚跟你妈说的话，我都在旁边听着呢。我就想说这位英雄大人，今后请直接跟我聊天好吗，年纪都这么大还学别人窃听风云，累不累呀。还有，不要总把三姑六婆的事自己一个人担着？别人借你的钱还了吗？老是像散财童子一样帮别人，最后自己得了几分甜头啊。虽然我知道你不在乎，但其实你心里偶尔也会累吧，别逞强了，累了的话我肩膀给你靠。

最后，自从你不应酬，以及我来了北京以后，好久没听喝醉的你给我讲故事了，没人躺我怀里哭，甚是想念。

好了，我已经把所有想对你说的写到书里了，接下来应该会有无数人看见这封信，希望他们都能喜欢你，并且看完也想回去抱抱自己的树先生。

哦，忘了说，为什么要叫你树先生。

有个习惯的比喻，都说父爱如山，但我知道偏执如你，根本不想做山，山太远责任又太重，你就想做树，温柔地待在我身边就好。

行了，批准。

还有，一千个一万个想你，和过去的我们。

比你还帅的弄潮儿
今后一定不会喝成大肚子的小张
想回到小时候的大儿童张皓宸
和你的没头脑一根筋但每天乐呵的小太阳儿砸
一同敬上

06

怕失去小姐的故事

我们终其一生，都在失去和得到中找寻平衡，如果年轻时，因为抱着对这个世界太多未知，而私心偏执于得到，那年老后，时间变得奢侈，没有太多的机会再拥有，所以往往在乎的，是不要失去。

怕失去小姐今年刚好五十岁。按她的话说，眼角的皱纹或是更年期的暴脾气都没让她觉得自己人生过了大半，当有一天得把近视眼镜摘下才看得清手机上的字时，才突然觉得自己老了。

怕失去小姐是个非典型射手座，特别不爱自由，人生似乎习惯按部就班，明明是女主角的命，结果老是把自己定位于一个跑龙套的，日子过得朴素又小心翼翼。问她为什么，她说这样挺好，但是要知道，年轻时的她，是那种烫着爆炸头身挎小香包，穿着高领衫连体裤的女人，还很像我小时候一度迷恋的 TVB 演员蒙嘉慧，因为她们嘴唇上都有一颗美人痣。

只是后来，蒙嘉慧成了古惑仔的夫人，怕失去小姐成了兔崽子的妈。

中国的家长都喜欢打击式教育，怕失去小姐也不例外，惯用"你看看你，再看看人家"、"就你这样今后肯定喝西北风"、"都是为你好"这种强盗逻辑跟学生时代的我打交道。为此我没少跟她闹别扭，印象中她没动手打过我，仅靠那一张唠叨的嘴和叨到高潮就在我面前掉泪的技能，就练就出我一身"真的好怕她"的本事。

怕她知道我看电视，于是拿风扇对着电视后盖吹，但她总能靠手掌测温度；怕她知道我期末成绩，于是伪造假的通知单，但她总能神奇地发现我藏在柜子书堆缝里的那份正版；怕她知道我早恋，于是每次出门都说跟兄弟去玩，但她总能恰到好处地在路上看见我偷牵妹子的手。

这场斗智斗勇的战役直到怕失去小姐跟我一起玩网游才停息，从扫雷入门，然后是《跑跑卡丁车》，最后到《梦幻西游》、《魔兽世界》。最热血那段时间，我还把游戏改成小说，写在作业本上，怕失去小姐是我唯一的读者。我们这母子档绑定着闯江湖一绑就是好几年，不过想想每个伴着蝉鸣的暑假和手脚冰凉的寒假，陪自己在虚拟世界里飞扬跋扈的竟然是她，回忆也多了一份别样的趣味。

直到去市里上大学，我才第一次离开她身边。还记得那天她在学校帮我铺好床，一直舍不得走，抓着我唠叨没完。被室友盯着抹不开面子，我有点不耐烦想赶她走，她最后留下一句话，让我一定要听她的，我以为她会说句让我红个眼的告别词，结果她说，买东西的时候，要学着露出一副不满意的脸。

她省吃俭用惯了，生怕我第一次独立生活不懂得计划消费，当然她太小看我了，没出半个月我就屁颠屁颠滚回家讨钱了。怕失去小姐皱着眉头问我，给你这么多生活费呢，都花在哪了，我一一列举事无巨细。她摇了摇头，叹口气说道，今后看来你买东西的时候，必须诚恳地露出一副买不起的脸。

大三下学期，身边好多朋友都出国读研，大抵是因为虚荣心作祟，我也跟怕失去小姐提了出国的想法，没想到她算计了几天竟然答应了。当时家里的条件并不宽裕，我们最后决定去研究生一年速成的英国。等我考完雅思的时候，怕失去小姐说她好像才反应过来我要离开她这件事。恕我不孝，其实那会儿我心里挺雀跃的，但我后来并没去英国，不过最后的场景，也是我拎着行李箱在机场跟怕失去小姐道别，目的地是北京。

因为临时有个出书的机会，于是在继续当学生和成为"作家"的选项

里，我毫不犹豫选择了后者，甚至还洋洋洒洒写了三千多字的长信跟怕失去小姐解释，让她也支持我的决定。

她明白我的偏执，所以知道再多的劝解也无用，让我走，就是最好的洒脱。

我在北京这三年一路奔波，每一刻都闲不下来，我们保持两天一通的电话，有时聊得深了，她会没理由感性一下，说我不在身边，真的有点不习惯。听她声音渐渐有了哭腔，我就赶紧找一个新的话题挑拨情绪。有时候，她的想念会变成甜蜜的负担，怕自己在这座充满机会与戾气的城市稍微一个恻隐之心，就坚持不下去，哭着回头。但还好，我都挺过来了。

第一年国庆假期回成都的时候，怕失去小姐带我去吃火锅，她煞有介事地把手机递给我，说她拍了张自拍，结果我差点把手机掉到牛油锅里。那张自拍上的怕失去小姐把头发梳在一边挡住半张脸，然后穿着胸口极低的碎花裙，非常妩媚地朝镜头一嘟嘴。我问她，有事吗？她害羞，你们年轻人不都这么自拍！我反唇相讥，东莞的年轻人吗。

　　从此以后，她隔三差五就会发各种自拍给我，后来进化到直接对着镜子拍她新买的衣服裙子，问我一大堆意见，说是如果不好看淘宝可以七天无理由退货。这点我还挺欣慰的，至少我这位怕失去小姐不用教，就自然掌握淘宝这一必备生存技能。

　　怕失去小姐有一个二十多年的闺蜜，从职高到工作单位形影不离。但有一天她给我打电话，聊到闺蜜突然就哭了，说是因为自己升了小组长，工资高了些，那位闺蜜就当着领导的面埋汰她，后来也不理她了。我听完唏嘘不已，原来假朋友这种生物存在于各个年龄段。任凭我如何劝，她都哭不停，抽泣着说，就觉得挺为自己不值的，感觉花了一辈子时间才看透一个人。

也是那一刻，我好像突然有点理解她了。一生甘于做一个幸福的路人甲，为一点小事开心，为一点小事皱眉，其实也是一种求之不得的安全感。所谓怕失去，是不想再花时间给新的人、事从头交代自己的人生，也因为觉得自己拥有的已经足够好了。

这件事之后，怕失去小姐更依赖于跟我聊天，不过我很庆幸我们没有因为生活圈子的不同而陷入话题瓶颈。有时她一个电话打过来，还会跟我聊起最新上映的电影。我家在成都的郊区，去最近的电影院需要来回坐一个多小时的地铁，她说她周末无聊了就一个人搭地铁去看场电影，用团购券很划算。我说她过得还挺小资，按她以往能省则省的性子，多半都是在电视盒子上看看作罢，或者干脆就跟三姑六婆在麻将桌上血战到底。

她特别嘚瑟，说她其实已经适应我不在她跟前的生活了。

算她厉害。

今午回成都签售的时候，怕失去小姐待在角落全程看我做采访签书，忙碌一天后，我们开车回家，车上她突然说，你要是哪天觉得累了就停下来吧。在我眼里，你已经很成功了，即使你现在只是个上班族，也是成功的。很多年前就是了。

那天我没告诉她，我偷偷红了眼眶。

怕失去小姐的微博上我是特别关注，手机桌面是我的照片，天气 APP 上只有北京的天气，跟我没关系的事，她做不到。五十岁以前的她还有自己的生活，五十岁以后的她好像只有我，但她并没有告诉我。

就像《三国杀》很流行时，我们一人霸占一台电脑玩得不亦乐乎，但我走后她的级数却一直停在那里。其实她早就不喜欢玩游戏了，或者直接一点说，她玩游戏、看电影、给我发自拍发鸡汤，不过是因为想笨拙地去接近我现在的生活，不让我们变得尴尬又生分，好让我不要在专注于得到的年纪，忘了她这个已经只在乎失去的老太婆。

起笔这篇文章的时候，怕失去小姐给我发来了一段短视频，是一个外国阿婆准备吹生日蜡烛，结果把假牙吹出来了，自己不好意思地捂嘴大笑。怕失去小姐说，今后如果我吐了假牙，你可不能笑我。

想想本以为时间是最保险的财富，但其实是有心机的怪物，根本容不得我们做多少事，就感觉人生似乎快看到头了。我知道，要到分开那一天大家都挺难的，我们都在老，只是她老得比较快，所以有时她会把自己不能做完的事，凝练成无数句唠叨。而那些没有归属的字句，我可能左耳进右耳出都忘了，但她却每时每刻都在为我做，从不只是说说而已。

我们越来越急躁，愿意为家人付出时间和耐心却越来越少，辛苦那么久，一心想拯救世界，却忘了回家帮他们洗个碗。

有一个问题困扰我很久，为什么每次我淹没在人海里，怕失去小姐总能第一眼分辨出我，无论是大家穿着一样的校服从小学校门蜂拥而出，还是大学时一两百人的毕业合影，甚至工作后她来机场接我，她都能知道我从哪个门出来。

我百思不得其解。

后来我问过她，我永远也忘不了她当时的反应，只见她愣了一下，说，感觉，感觉我儿子就在这里。

我们越来越忙碌，
愿意为家人付出的时间和耐心却越来越少。
辛苦那么久，一心想拯救世界，
却忘了回家帮他们洗个碗。

是亲人，也是朋友
别因为她是妈妈，
就不能好好一起玩耍
…

我的

女神

MY
Goddess

她不是你生活的全部

但你是她的唯一

记得要

为妈妈做的 **9** 件事

no.

未来的日子见一面少一面，
如果可以，多跟她好好说
"我爱你"

她带你来到这颗星球，
你带她去看这个大世界
……

其实,照顾好自己,
好好爱自己,让妈妈放心,
是望为她做的最好的事···

记得常打电话给妈妈,
有时候她可能没那么多
话要说,
但只是想听听你的声音

即使时间不听话,
你也要让妈妈
知道她是最美的人…

让妈妈知道你的生活,
好让她觉得
跟你有话聊,可以
走近你的世界…

07

我们现在都在做对的事情

开始敲这段文字的时候是洛杉矶的夜里十二点，到美国的这段时间都住在民宿网站订的 house 里，我的房间整面墙的书架都摆满了书，特别适合静下来开盏暖灯乱矫情，或者自拍装个 B。想想半个月前，美国这个梦想旅行地还多么遥不可及，而现在竟然已经踏过，要准备告别了。转念又想，十几年前，在勾股定理背诵全文斗争中的自己，会想到如今靠写东西来建立信心与人生吗？

时间真的是个奇妙的鬼东西。

在洛杉矶出行，我们常用当地打车软件叫车，司机都是二十来岁的年轻帅哥，几乎每一个司机身上都有故事。印象最深的一个是电力娱乐公司的经纪人，旗下带着三个 DJ，空闲时候出来开车赚外快，他很谦虚地说自己的 DJ 都不出名，但这样也好，可以一直有个念想等他们大红大紫。第二个司机更有意思，车上放着一本 "The Power of the Actor"，留着长鬈发，身材精瘦。平时的工作是给一些杂志做模特，也是这段时间突然不乐意当个得体的衣架子，想转战大银幕，成为别人的仰望。当时我们正要去好莱坞山，依稀能看见远处山顶上的牌子，同行的朋友指着前方说，希望我们能在好莱坞见到你啊。那个鬈发司机一直笑，笑得好像知道自己明天睡醒就能成大明星一样。还有个司机是专业踩滑板的，他跟着爸妈从莫斯科来，本来打算跟家人一起张罗餐馆，但控制不住玩心，跟几个朋友买了滑板每天游荡在偌大的洛杉矶街头。他说他开车赚了钱就去买更好的滑板，我们问，玩滑板怎么生存啊？不能一辈子都踩在枫木上寥寥度过余生吧。他说，这就是他的人生啊，老天不会亏待一个如此热爱生活的人。我们笑说，如果今后滑板也有了锦标赛，他一定要去参加。

诸如此类的人还有很多，洛杉矶很大，大到像一个魔方，随便扭扭，就能碰撞出各色人等，感觉每个人身上都刻满了自由，梦想已然成了支撑他们的桥。如果你问我他们有没有焦躁或者迷茫，我也答不上来，我只知道每到一个星巴克，店员笑得都像吃了蜜糖，收完银不忘友好地跟你说声"Have a nice day"。问赌场的清洁工有那么一座跟皇宫一样的赌场要打扫，会觉得苦吗，她说不苦，最多就是累，累只是身体上的，但苦就是心上的。

我有一个朋友叫冷姐，大学学土木工程的，但这姐们儿对咖啡文化情有独钟，终极梦想就是开家咖啡店，大一我们男生还在为买一件杰克琼斯衬衫发愁的时候她就已经靠给美食杂志写专栏的钱养小男友了。毕业后成了一家投资公司的小白领，本以为会一辈子如常安稳，结果在一次酒局上跟他们公司的老板看对眼，风风火火地拿着老板给她的钱开了家咖啡店，自己亲自现磨，圆了当初的梦。结果不尽人意，梦是做齐全了，咖啡店生意冷淡硬撑了一年，钱投出去都成为云烟。冷姐落魄地扛着几箱未拆封的咖啡豆从大城市回了老家。后来跟她老板分了手，过了一段消停日子。

两年后再跟她联络上，是她给我送来喜帖，跟老家一个电器经销商结婚了，从此冷姐就只给她老公一个人做咖啡。她老公人老实，大方且帅，难免身边桃花多，每天都上演现实版甄嬛传，但他就是喜欢冷姐，《冰河世纪》里松鼠对坚果的那种喜欢。前不久，她还告诉我怀了猴年宝宝。

我问冷姐，你曾经有想过今后会过这样的生活吗。

她说，没想过，也从不想，随缘两个字很重要，以前跟小男友在一起，有能力就对他好点；跟老板好了，就让他对我好点。开咖啡店没想过要赚大钱，能做自己喜欢的就好，认识现在的老公，也没指望能一辈子，做好

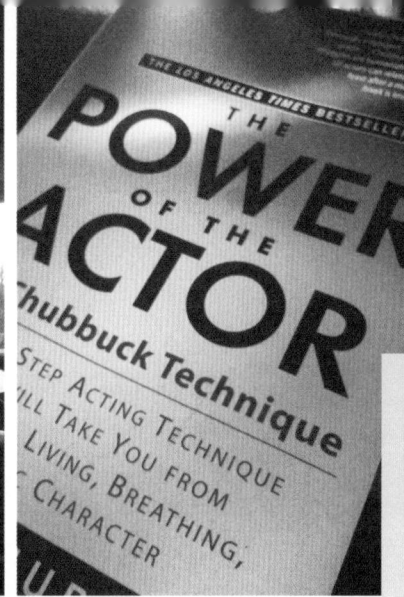

THE LOS ANGELES TIMES BESTSELLER

THE
POWER
OF THE
ACTOR

hubbuck Technique

STEP ACTING TECHNIQUE
ILL TAKE YOU FROM
LIVING, BREATHING,
CHARACTER

HOLLYWOOD

HOLLYWOOD   HOLLYWOOD

人最忌讳的就是年轻时就觑觎整个世界，
最迷茫的时候却想要看透生活。

了好聚好散的准备，后来选择结婚，也就是因为比喜欢更多，称得上爱，幸运的是，他对我也很好。做每一件事都想之后会怎样，会很累的，人最忌讳的就是年轻的时候觑觎整个世界，最迷茫的时候却想要看透生活。

　　时间退回到三年前，我面对毕业的重压，也有过一阵局促不安。恰巧因为有朋友答应给我出书，于是我脑子一热贸贸然来了北京，那个时候我问自己，对出书就那么肯定吗，我也不知道，但为什么还会选择北漂呢，那我只能说有梦为马，随处可栖。论对梦想的见地，谁都能丢出无数句心灵鸡汤。

　　我刚到北京那会儿，跟朋友挤在东交民巷的破烂民房里，没想过今后可以自己负担几千块一个月的房租，我那时在 Word 里敲下的每一个字，收到被退过的稿件，抑或是拿着千字四十块卑微的稿费，也没想过后来那些被退回的故事都有了归属，敲下的字因为有一个人喜欢就价值连城。

　　人生真的没有捷径，也没有什么弯路，你走的每条路，都是通向失去与获得成正比的地方，我不知道下一秒会成为怎样的我，只知道这一秒我还能因为什么而活着。

经常会收到这样的私信，问我：现在学的是某某专业，但害怕找不到好工作；现在爱着的人，不知道到底是不是能陪自己走完一生的人，或者是现在坚持的事情，不知道今后会不会有回报……想起曾经的自己，也总因为这些自我问询疑虑过，后来发现，想得再多，疑惑就更难以解决，反而平添烦恼，浪费了很多时间。

我们的确要接受自己的平凡，十个人里面，可能九个都会成为那种普通到街头大婶都能掐指算出你十年后二十年后在做什么的人，拿着不高的工资，每天过重复的生活，到了既定年龄，结婚生子，仓促走完一生。但我们又很伟大，伟大是因为即便概率渺茫，也从未放弃成为那余下一个人的念头。

没人知道你现在做的每一件事，未来会成为怎样的故事，但唯一能肯定的，是现在的每一次探寻，每一次推开那些向你指点的手，每一次对跟风的不妥协，每一次带着眼泪往前的奔跑，都一定会让人生有一点点不同。

本来以为要三十岁才能踏上美国，本来以为冷姐会开一辈子咖啡店，本来以为人生就是要有目标有计划才能走上对的路，其实条条大路通罗马，其实人都是会变的，其实所谓梦，只要想，真的就很容易实现。

我没道理，也不煮鸡汤，只是说一些心情，大家各取所需，听自己想要的那部分就好。

好感谢当初的自己，坚持了对的事情。

我们现在都在做对的事情。

08

不如开始一段放弃你的生活

晚上小姐失恋了。

之所以会这么叫她，是因为她跟男友分手后特别怕光，白天窗帘一拉开就喊刺眼，每天窝在床上消磨时间，也只有到了晚上，才稍微有点正常人作息。失恋这种事，无论说得多难受旁观者也不懂，只有经历过的人才能真的懂。

晚上小姐初恋初吻初夜都给了同一个人，男友是大学同学，一谈就是五年，其间双方家长见过，孩子也怀过，我们都觉得这对铁打的情侣档散不了，结果最后还是以男友提分手告终。分手理由很玛丽苏，说是自己事业暗淡，晚上小姐给的压力又太大，所以想换个关系相处。

失恋第一周，晚上小姐怕光不说，还会伴随间歇性心悸，没有食欲，双人床空出一边翻来覆去整夜失眠，时间一分一秒都是折磨。最可怕的是泪点特别低，听到情歌，看到电影里的情侣，甚至是广告灯箱上一些浓情蜜意的香水广告，都控制不住。那一周，我们都不敢提她男友的名字，一提她就揉搓头发，捂着心口喊痛。前段时间微博流行《情深深雨濛濛》可云的搞笑 GIF，说她是演技担当，当时我们看晚上小姐，跟可云是一模一样的。

更夸张的是，她还找过民间庸医扎针灸，说是从生理上治疗失恋，调节她的新陈代谢抑制情绪，结果痛得死去活来无以复加。带着身体和心理双重创伤晚上小姐请了一周的假，成天琢磨微博发什么，QQ 签名改成什么，抱希望于能想出几句警世名言，让她男友读懂自己其实一点都不在乎，但越是逞强就越没自信。如若说喜欢一个人会卑微到尘埃里，那失去那个喜欢的人连尘埃都不如。她盯着自己打出的矫情句子，又快速删去，最后连累到把自己骂得体无完肤，连吸口新鲜空气都像是犯罪。

第二周，晚上小姐开始恢复社交，强迫自己准点上班，对同事强颜欢笑，但惧光症越来越严重，几乎要戴着墨镜在电脑前工作。她是广告公司的设计师，那几天应付一个家庭按摩APP的客户，结果要么把按摩师PS得像丧尸出笼，要么设计的海报以为是用Windows自带画画工具搞定的。他们公司的老板还算近人情，不但没多责怪，反而送了她一盒保养品，晚上小姐面无表情地拆开，几个大字写着：海王金樽。

于是她那几晚都是借酒浇愁靠酒精入眠，迷蒙中想起大一刚跟她男友热恋那会儿，她用两个礼拜时间学那些脑残粉丝做了一本相册，上面贴满了他们的自拍和纸星星千纸鹤。她男友二十岁生日，还专程去豆瓣开了个活动，让全世界各地的网友给他手写生日祝福，那是她过得最中二也是最快乐的时光。但到现在只要一想到这个人不再属于自己，就难过得要死，在回忆的安慰与现实的无奈中无限循环。

不是都说了，人最软弱的，就是舍不得。

第三周，晚上小姐经常在夜里打电话骚扰我们，一本正经地胡说八道，说她已经放下了。微博朋友圈破天荒开始晒自拍晒美食晒风景，每天妆容精致，工作积极走路带风，见到陌生人都要傻笑个十分钟，好像不曾失恋过。在她男友突然在微博上发出与另一个女生的合影后，晚上小姐的心理防御机制又崩溃了。

晚上小姐说，当时他说要走，觉得只是分手，他跟别人在一起之后，才感觉失恋了。她不顾那个新欢的面子，直接上男友家大吵了一架，她揪着男友的衬衫大吼，这是为什么啊。晚上小姐一直都不明白，在一起这么

我们因爱而圆满，想开，看开，放开，
想及也再无连漪，相见也心里坦然。

久的人为什么还会轻易分开，一个人已经成为自己身体的一部分，要这么平白无故割舍，换谁都不会死心。男友被吓得不轻，徒手把晚上小姐给拎起来嚷嚷，我告诉你为什么，就是不爱了，我不爱你了，什么都可以当借口，那么，你想听哪一个借口？

落败的晚上小姐回到家把男友睡过的枕套、送的 Hello Kitty、一起搭的乐高积木、微信聊天记录等所有跟男友有关的一切全扔了，最后删掉了男友的手机号码，待这一切如仪式般的大扫除结束后，她窝在床上听电台，放到孙燕姿那首《我怀念的》时，她就咬着被角洒狗血一般狂哭。

歌词里唱道，我怀念的是争吵以后还是想要爱你的冲动。

我们每个人，在爱里其实都是清醒的，清醒在跟谁恋爱，清醒在这段爱里，我是什么样子他是什么样子，就连最后分开，自己也清楚答案，可却总是要装作糊涂，愚蠢透顶地不断去问、去问，去得到一个明知道的答案，然后让自己痛得无以复加。

我们即使是对爱津津乐道的圣人孔子，也是自取其辱的骗子。

第四周开始到后面一个月的时间，晚上小姐频繁地找虐去男友的微博看他们花式秀恩爱，冒着心肌梗塞的风险，暗地里跟他们较劲，跟自己过不去。他们秀生日吃的蛋糕，晚上小姐就去甜品制作的培训班自己 DIY，他们秀旅行照片，她就加了摄影技术群，狂砸积蓄买单反，瘦小的身子背着火箭筒般的长镜头拍山水花草，就连男友不过是分享了首小提琴独奏曲，她就屁颠屁颠去学小提琴了。至此，她养成了一个习惯，男友每分享什么，她就去学一门技艺，只要感受到失恋的伤痛，她就用匆忙来填满。

有一次她上完小提琴课回来，好巧不巧碰上了男友和新欢，男友没有要打招呼的意思，晚上小姐也只用余光瞟了他们一下，双方都沉默且冷静。然而回到家，晚上小姐哭成傻 ×，她在心里对自己说，这是最后一次为他哭了。

有人说，大部分的不欢而散都是因为不懂得见好就收，而还有一小部分，是因为对方不再重要。

晚上小姐失恋第三个月，在北京管庄附近租了一套一居室，自己买了大部分家具，宜家的家具安装说明书上都画着一男一女配合组装，但她一个人搞定了所有。新家收拾完毕，她消失了整整两个月，等我再联系上她的时候，是她刚旅行回来，齐肩长发剪短，从头到脚黑得非常有诚意。我说敢情你消失这两个月是把自己整成了管庄吉克隽逸啊，她说，是啊，都整没钱了，下一步应该是安静地做个绿茶婊，被人包养了。

她当然在开玩笑，因为没她这么黝黑的绿茶。

晚上小姐说，我在泰国学马杀鸡的时候，碰到那些外国男人的胡茬就

the BRAVEST of you

会想到男友，在英国的斯科费尔峰爬山累到缺氧，驴友伸手搀扶也恍惚看成是男友，就连在米兰跟买手们血拼都会不自觉想起男友送过的东西。后来经历的每件事，每个与过去的脉络有所呼应的当下，都会不自觉与回忆产生关联，所谓时间会治愈一切，都是屁话，只不过是自己选择性忘记罢了，或许这个人一辈子都忘不了，但并不影响去过自己的生活。

第六个月，晚上小姐的惧光症已经完全转好，而她过去这四个月因为失恋而掌握的技能竟然让她莫名其妙变了一个人。她就像是一把万用工具刀，萌一点像是哆啦A梦，能跟个技术宅一样给电话重装系统给手机越狱，也能中餐西餐粤菜川菜一锅端，一个人可以组成一支乐队，上到天文知识下到星座八字说得头头是道。最让人目瞪口呆的，她可以凭心情随意更换气质，今天走傻白甜路线，明天就转型做御姐。用她发在朋友圈里的话说，我已经不是以前的那个我了，但还好，我再也不是那个我了，接下来，不如开始一段放弃你的生活。

她身边好多朋友，包括我，在她的感召下，都想积极投入到失恋革命中，涅槃重生一回，只是可惜我们这些单身狗没资本，也没她这个魄力。

失恋整一年后，晚上小姐突然跟一个印度人恋爱了，说是跳伞的时候认识的。我一度很看不懂印度这个国家，但无论那个男人的经济实力还是基因实力，都打我脸无数次。比我大两岁的晚上小姐去年初跟印度人在美国登记结婚，去印度办婚礼的时候，宾客围着他们撒大米，在漫天米粒中，印度人牵着晚上小姐的手说，未来不仅这身后的小岛是你的，我也是你的。成了私人岛主的晚上小姐在今年生了一个超可爱的混血宝宝，羡煞旁人指数一百颗星。

今年小 S 与黄子佼同框上康熙，两人大大咧咧地哭，毫无避讳地拥抱，完全一副云淡风轻的样子聊过去，好像男方出轨是上个世纪的事。网友都在点赞小 S 的大度，但其实不是小 S 足够豁达，而是她现在有了美满的家庭，比黄子佼更幸福，才有了原谅的底气。正如同蔡依林北京演唱会的时候，同行的朋友说她现在唱情歌都好快乐，已经没有几年前那种悲伤的情绪了。是啊，有事业有爱情，不管当初网上说她《舞娘》那张专辑里的几首情歌是不是唱给周董的，她现在也都有了放下一切的勇气。

很喜欢一句话，当你从蚂蚁变成大象的时候，你会发现当年横在你面前怎么也过不去的石头，不过是脚下的一粒沙。失恋其实是一场竞速赛，看谁能在短时间内变化，甚至变态，当自己足够好，才有面对一切的气力，也才能淡然地与过去那个伤害自己最深的人握手言和。

放下这件事，只有真正走出来的人才能体会，不仅靠新欢和时间，还靠行动变成更好的人，让自己过得好，并不屑于去祝福他。

晚上小姐到现在再提起失恋那回事，都觉得当时自己挺傻的，她说如果有个时光倒流的机会，最想回到失恋的第三周，在男友把她拎起来掷地有声地甩来那句"我不爱你了"之后，她会示意他把自己放下来，然后整理好衣领，点支烟，顺一下耳边的碎发，对他慢条斯理温柔和缓地说，真谢谢你，还好放我走了。

恋爱让自己的世界变小，失恋了就要把原本应有的世界找回来。我们因爱而完满，想开，看开，放开，提及也再无涟漪，相见也心生坦然。这已然成为我们撕心裂肺后还能记得的，最好的故事。

翻山越岭坚持，
虽然辛苦，
但到达终点，
抬头便看见满天星辰
……

Café

OPEN

旅行中偶遇一家别致的小店
像拥有一个属于自己的秘密
……

放大镜
magnifying glass

放到远方朋友
寄来的明信片...

整理衣服时,
发现口袋里竟然有钱
....

值得被放大的 ⑨ 件小事

清晨醒来，发现还有
很长时间可以睡..

等了好多天的快递
终于到了…

09

异地恋人们啊！

圣诞节这天，我们的微信群爆炸了。磊哥在外滩边上向抵用券小姐求婚，这六年由异国恋到异地恋有对手的独角戏终于落幕，有情人终成家属。

他俩可歌可泣的爱情，告诉所有异地恋，没有对的方法，只有对的人。

说起来很可笑，抵用券小姐和磊哥是在夜市相识的。磊哥家里有钱，但他不爱显摆，为人低调，最多不可免俗地在爱泡妞的年纪疯狂泡妞。上大学时听说夜市上美女多，便跟几个兄弟在夜市租了个黄金地段摆摊，卖山寨大嘴猴的包包袜子内裤，目标专门锁定女生。

半个月下来美女没泡到几个，倒是莫名其妙赚了不少钱。有一天晚上临近夜市断电，其他摊位正陆续收摊，磊哥一行人也开始收拾东西准备吃宵夜。这时抵用券小姐戴着墨镜停在他们摊位前，拿起一个包包问价格。至于抵用券小姐为什么大晚上戴墨镜，不过因为她当时参加了某届超女，在本地小有名气，就少不更事地装了个逼而已。磊哥平时不看电视，但一听朋友说是明星，立刻机智地报了一个两倍高的价格。抵用券小姐嫌贵，磊哥睥睨着眼，说，范冰冰来也是这个价格，不买拉倒。然后抵用券小姐头也不回地就走了。

后来说起那晚的相遇，抵用券小姐松了口，其实对磊哥是一见钟情，但那时有包袱，死要面子。本以为两人不会再有交集，结果抵用券小姐某天在弃用的博客里看到磊哥五个月前的留言：下次买包给你便宜点啦。她立刻补回了一条：你是那个摊主？没一会儿，磊哥回复：我已经不是夜市摊主，是一个外国友人了。

不过五个月的时间，磊哥就考完雅思去了英国读研。磊哥是哈利·波特狂热爱好者，去英国的一大部分原因是为了混迹在各种取景地圆梦。外表成熟的大儿童，脑袋少根筋，羡慕那些算盘打得特别精的人，而自己连计算器都会按错。虽然骨子里还是藏着那股霸道劲儿，但也得看对象，不论趾高气扬地流连多少美女，最后也在抵用券小姐身上栽了跟头，两人通过博客小纸条来回传情，开始一段漫长的异国恋。

抵用券小姐的名字源于她这些年跟磊哥之间的一个幼稚到家的互动。如果磊哥做了什么感动她的事或者今儿天气好心情佳就可以积分，积满 7 分她就自己用 PS 软件画一张抵用券发给磊哥。不生气抵用券，两人吵架时只要磊哥祭出，她就不能生气；亲亲抵用券，任何时候想亲就亲；马杀鸡抵用券，用于见面时为磊哥免费按摩；多一小时视频抵用券，无论再困，祭出此券，必须陪君死撑。

幼稚到让外人看来想报警，但也给单身狗 1000000000 点暴击。

抵用券小姐超女比完赛那段时间造作过一阵子，但几个月后没人气了就现出原形，软妹子一枚，实际是个糙汉，爱喝啤酒和运动，皮肤好到常年素颜见人，颜值凑合但双商极高。特别爱笑，笑起来绝对坦然地露出整个牙床。旅行爱好者但没钱，每到一个地方会把头发奋拉下来扮鬼脸做纪念。女生变女神有两条路，要么是美，你看 baby，要么是会做菜，你看老干妈。你看抵用券小姐，不够美也不会做菜，只会发神经，也难怪她红不了。

美得太远追不上，
跑得太快也回不了头，
保持同样步调才有看见同样的世界

刚在一起的时候，两人每天靠手机黏糊，还好磊哥有钱，打国际长途不肉疼，常常一通电话下来手机烫得可以熨平眼角的细纹。热恋期的聊天内容跟大多数异地恋情侣无异，无非是分为很多个系列，比如吃了什么类、遇到什么人类、做了什么事类，以及观点交锋类，犯病的时候只发小 S 的表情都能对话好几回合。摸不到人，每天就不停地讲废话，但也不觉得无趣，两人之间的默契就像伏地魔和哈利·波特那样，你那边有风吹草动，我这边就脑袋疼。

毕竟是差了八个小时穿越时空的恋爱，难免有短信没及时回，生活不对等的时候，若两人开启吵架模式，这时不生气抵用券就能发挥最大的作用，让抵用券小姐暂时存档怒气。几次下来她幡然醒悟其实根本没必要为这些小事生气，慢慢地竟然让不生气抵用券失了效。

就像有一次是两人在伦敦短暂相聚后，抵用券小姐隔天要走，可能是舍不得，又或是太憋屈，没事找事跟磊哥大吵了一架，叫嚣着今天就飞回去。结果磊哥半天没听到关门声，出去一看，她在厨房做饭，磊哥问她怎么不走呢。她恶狠狠地搓着番茄，嚷嚷着，给你做了饭马上就走。

相爱容易因为五官，相处不易因为三观。磊哥当时就觉得，好难得找到三观相似五官相投的人，柴米油盐聚合离分也能过成甜的，接下来的每一天，都是要为了娶她而准备的。

异国第三年，在上海发展的抵用券小姐成了淘宝模特，财源滚滚，为了保持身材每天只吃一顿饭。磊哥突然带来好消息是他终于说服了爸妈不用在英国工作，告别哈利·波特回家伺候夫人，可随后的坏消息是，他爸把他发配到深圳做创业公司。脑回路承受不了这惊喜和失望，抵用券小姐不顾身材喝了快一打啤酒，发泄这三年的怨气，在那月黑风高的夜晚站在马路边大喊英语，结果撞了车，在医院吊了两个月石膏。

那两个月可谓是她最幸福的时光，每天跟磊哥抬头不见低头见，把医院当恋爱温床，天雷勾动地火，此处少儿不宜。抵用券小姐的运动精神得到超强发挥，倒是让磊哥彻底精疲力竭。这天医院楼下的地砖被翻了起来，抵用券小姐躺在磊哥怀里撩拨他，你猜楼下在干吗，猜对了让你嗯嗯，磊哥闭着眼有气无力地说，造……火……箭。抵用券小姐把枕头一摔，妈的你是有多不想跟老娘那个。磊哥一听就用身子把她整个人团了起来，抵用券小姐浪叫着，小心我的腿！

前路凶险，无论是笑着走完还是半路跌倒，抵用券小姐都不怕，磊哥在身边，就特别舒服，像是秋裤扎到袜子里的那种安心。

后来，磊哥去深圳之后像是变了个人，全情投入创业，两人的聊天系列缩减成单一的工作内容类。抵用券小姐给他画了各种看展览抵用券，吃粤菜抵用券，看电影抵用券，都被他闲置。她一直是个独立的姑娘，又不愿意放弃自己的工作去深圳全职陪他，面对如此境地，要么豁达一点，要么火大一点，但她知道磊哥在事业上升期，吵架改变不了局面，唯有自己调试。

虽然异地恋给了彼此考验，但也给足了彼此空间，有时候想多了会纠结对方到底合不合适，值不值得，但过了那个劲儿也发现无非是庸人自扰，她明白自己的最终目的地是磊哥这个人，而不是像普通情侣那样磨日子。

他们感情真正出现危机是在异地的第五年，抵用券小姐突然意识到，自己需要绞尽脑汁搜肠刮肚地寻找话题，不然跟磊哥的聊天就会陷入空白，久了就觉得好累。但磊哥却没有这个神经，他的创业公司刚完成新一轮融资，在工作上找到成就感，背后还有个自己爱的女人，已经觉得足够幸福。

这时有个常跟抵用券小姐合作的摄影师向她表明了心意，隔三差五开车带她兜风，抵用券小姐不喜欢他，但也拒绝不了寂寞，终于在那个摄影师准备吻她的时候清醒，悬崖勒马。但还是被磊哥知道了，直接飞到上海哑着嗓子骂她，抵用券小姐把心里的郁结喊出来，两人吵到最后抱头痛哭，磊哥把她抱得死死的，他说，丫头，我宁愿跟你吵架，也不会爱上别人。

这次分开后，磊哥送了她一箱礼物，里面装着十个标了数字的纸盒，承诺她每个月不定时只要他下指令，她就可以打开其中一个，拆到最后一个的时候，他就会来上海。

那十个月，抵用券小姐的人生里最有正能量的两个句子，一个是逛完淘宝后的"卖家已发货"，另一个是磊哥发来的"你可以拆开 × 号了"。磊哥的礼物里有简单粗暴的名牌包，也有当初没用的抵用券，承诺可以反作用于他。最特别的是一个行事历，让抵用券小姐把每天做的事都记录在案，如若是一天的行程只有看剧喝啤酒，那下次拆礼物时间就会延后一个月。为此抵用券小姐学乖了，懂得自娱自乐，且每天过得特别充实，拍片时格外用心，空闲了就去健身学英语，陪磊哥一起进步。

其实异地情侣的危机都是因为各自的世界发生变化而让生活圈没有重叠，容易产生不同的三观，我说的你理解不了，你给的也不是我真正需要的，所以差得太远追不上，跑得太快也回不了头，保持同样步调才能看见同样的世界。

时间回到圣诞节这天，磊哥让抵用券小姐打开最后一个纸盒，里面装着一张卡片，上面写着，你是我最终的目的地，嘟，我已经到站了。卡片下压着的红色盒子里，装着一枚戒指。

磊哥穿着一身红绿色的麋鹿毛衣出现在抵用券小姐身边，他真的用十个月时间把事业重心挪到上海，与深圳两头跑。他们在今年三月领了结婚证，两人在红底照片上笑得格外欢脱，本说年底出国举办婚礼，但好像因为磊哥工作上的安排暂时延后。

我从来没有如此期待一场婚礼，单纯的祝福对他们而言都太轻，只希望这对伴侣能有最美满的大结局，这也是异地恋通关后奖励给他们最好的礼物。

希望所有的异地恋人再勇敢一点，不会因为对方不在身边而感觉孤单，好好生活，学会一个人过，你能变成更好的自己，他能做成他想做的事，为了日后能在一起生活而拼命努力，珍惜每一分每一秒来之不易的幸福。

送上永不分离抵用券一张，本券无截止日期，请放心使用，祝各位早日通关。

10

面前这罐果酱特别好吃

心理学上有个经典的"果酱试验"，大致过程是在超市做果酱试吃，第一个试吃摊位有六种口味可以选择，另一个摊位有二十四种。二十四种的摊位吸引了很多顾客，但最终只有 3% 的人买了果酱。而六种口味的摊位虽然没有吸引那么多人，却有 30% 的人试吃后买了果酱。

这个试验告诉我们，世界那么大，谁都想去看看；选择那么多，却不知道选哪个。

拖延小姐的人生金句之一，动作慢点没关系，目标小点也无碍，能把手头的事做到极致，也是种福气。

跟她的名字一样，她的人生自带延时效果，倒不是说她懒，很多事也能在固定时间内完成，只是属于不见棺材不落泪，躺到棺材里才知道哭的典型。大学学的室内设计，外人看着高大上的专业，但她逃了大部分的课，每天躲在宿舍里看电影写小说，以及吃。身为顶级吃货的她可以一大早准时起床翘课，一个人坐两小时的公交车来回，就为了吃一碗盖浇饭。还偷偷运了一堆违章电器到寝室里，下厨自给自足。当时她做的双皮奶广受好评，于是在大三那年，她潜心研究开店攻略，暗下决心，毕业后要开一家甜品店。

身为资金来源的爸妈直接断了拖延小姐的念想。爸妈都是公务员，觉悟高，所以逼着拖延小姐考公务员或研究生二选一，考上再考虑是否给钱让她开店。拖延小姐咬牙选了公务员，结果考试当天一觉睡到中午，后来又借口因为跟她初恋分手太难过赖掉了考研。

就在大四最颓丧那年，室友们突然变异一般，有人已经找到月薪两万的工作，有人做兼职几个月也有了不小的存款，她除了寝室里的锅碗瓢盆和电脑里一篇篇废弃的小说稿外，两袖空空，回忆里烙下的都是得过且过的印子。她以为大家都一样，其实大家根本不一样，只是学校生活就那么点事，显示不出高下而已。

那时她明白，没人会跟自己的结局一样。

后来有一家知名文学杂志主编看过她写的小说，有意请她去北京做实习生编辑，对写作抱有热忱的她见机会不错，便暂时搁置了开甜品店的愿望。接下来的两年里，她戴着北漂的镣铐换了很多编辑工作。在一家数字杂志做新闻时，受不了每天早晨五点下班还全年无休的工时，身体吃不消重病了一场，便借故辞职成了死宅，狠狠拖延了半年用来治愈身心。

休养期间经济拮据，又好面子不管爸妈要，拖延小姐开了个淘宝店死撑，结果因为用的是同学的身份证登记，后来被她操作失误直接吊销了店铺。在她连一份十五块钱的外卖都负担不起的时候，远在上海的朋友适时伸出援手，介绍她去一家文艺 APP，于是跟北京挥泪作别，拎着一个 21 寸的行李箱扎根魔都做回编辑本行。

有一年拖延小姐带作家签售，结束后那个知名作家请他们吃火锅，席间聊起自己的书卖了电影版权，事业风风火火。回酒店的车上，她和另一个小作者本来一路聊着姐妹淘话题，突然那个小作者严肃地说，人家都已经靠写作致富了，我还得靠每天看领导吹胡子瞪眼地养活这可怜巴巴的作家梦，我都不知道自己在干吗，每天东做一点西做一点，好像什么都会，但没一样能做成的。但是转念想想又不对啊，我们这二十多岁不就是该可劲儿作的年纪吗，不用想着存那么多钱养老，也不应该觉得放弃哪个选择就会失去一切啊，年轻就是给了自己试错的资本，这个时候不做自己喜欢

的事情，将来自己会后悔的。

其实这几年拖延小姐每次换工作仍有开店的念头，只是越大越发现开店这件事需要好好筹划，包括开甜品店的想法后来又变成了有甜品的私房菜馆。也是那位作家朋友的一番话，彻底激起了拖延小姐潜藏的信念。那阵子开店的想法越来越强烈，自觉不趁着年轻还有拼劲或许以后就懒得做了，于是回家主动向爸妈宣告主权，叫嚣着不会找他们帮忙也就不要再阻止她开店，然后去银行把这几年的积蓄汇个总，开始找房子。

第一次去拖延小姐的店是在去年，店名很特别，叫"馆子"。小小的店面分两层，中午和晚间是餐馆，下午是咖啡馆，入夜后是酒馆。我最喜欢的菜叫初雪炸鸡，配着啤酒吃，分分钟有《来自星星的你》的即视感。别看"馆子"小，但桌椅板凳就连厕所门都是用老榆木做的，拖延小姐说装修这家店就跟养个儿子似的，自己饿着也得给他最好的一切。当初她跟师傅起早贪黑地在大雪天开车去浙江运木头，差点半条命搭进去。其实不光是桌子板凳，上二楼的楼梯也是用榆木搭的，几年来的积蓄光是装修都用得所剩无几，朋友骂她神经病，她却得意，觉得这是她拖延二十多年，做的最对的一件事。

只可惜后来被邻居投诉，楼梯被强制铺上地毯，踩上去听不出嘎吱嘎吱的木头声。说到这，也要感谢这一帮奇葩邻居，让拖延小姐知道江湖险恶，敌人不分年龄性别贵贱，在生意场上，唯有不要脸才能战胜一切。"馆子"在上海的进贤路上，两边都是上海老房子，住的还都是老人。出于地盘保护，从馆子装修初期他们就各种阻拦，装个空调都要动用二十多个头发花白的老太集体围攻，说是会把墙壁装塌。明明是个安静的文艺小馆，非变着法儿说油烟大声音吵，拿竹竿子敲店面的玻璃窗，朝店员们泼水，指着拖延小姐的鼻子骂着听不懂的上海话。

那时即便她的内心再强大，也抵不过这般侮辱，晚上回家咬着被子哭，早晨醒来因为害怕面对那些邻居继续哭，几个月下来人瘦了大半圈。有一天一早，邻居直接把 110 叫来了，拖延小姐在警察和邻居面前哭到虚脱，急中生智说自己得了癌，只能活半年，就让她开店吧。

这媲美横店群演的演技吓跑了警察，让邻居老太们也哑了嗓。唯独有个学佛的老太太化作终极 BOSS，仍然喋喋不休，敢情这信佛的比他们这些俗人还絮叨。在拖延小姐无力回天的时候，她妈来上海解救了她，花了一个月时间天天跟老太太聊佛学，聊成了朋友，最后老太太还进了她的店里，点了份招牌色拉，直夸他们的菜好吃。

妈妈功成身退之前留给了拖延小姐一笔钱，让她没少感动与自责，不舍得用于是把钱都放在收银机里，说是一种无形力量支撑着她为这家店继续不要脸地英勇抗敌。我第二次去"馆子"的时候，正好碰上"馆子"被窃，收银机里的钱都没了。

从监控来看是被小偷撬了门锁，拖延小姐做好笔录，在店里善后。她倒是一脸镇定，只是后来等客人都走了，还是靠酒精悄悄在我们面前红了眼睛，她没心疼钱，而是觉得可惜了爸妈的心意。

"馆子"命途多舛，除了那些难缠的邻居，拖延小姐还在晚上做账的时候碰见金链子纹身收保护费的混混，被欺负几次下来发现比他们蛮横一点，就能让他们退散。还有次有个神经病在二楼攻击客人，把凳子都砸烂了，店员上前阻拦却被神经病从楼上推了下去，脑袋正中花盆，缝了好几十针，好在人无大碍，这一伤还让大家更团结。

以上种种，慢慢练就了拖延小姐无比强大的内心，在不切实际的梦想达成之后，就感觉平时遥不可及的东西变得唾手可得，看自己变成过去梦寐以求的那个人，即使这过程再暴力不堪，结果也有滋有味。

拖延小姐说，刚开店的时候没钱请设计师，就自己熬夜画设计图，我没有绘画功底，到了那个份儿上，就必须会。逼自己跟工人打交道，一辈子吵得最多的架都在开店上了。换了那么多舒舒服服的工作，从来没急过，终于等来了这最好的时候，却费了她半辈子的气力，好在最后的结果还算安慰。现在想起来，这几年动荡看似做了很多无用功，但我比当年那些在一条路上走到黑的前同事老同学都要过得好。不要怕改变，也别怕做选择，错了大不了从头再来。年轻嘛，就是要有随时变道，擅长急刹的勇气。

决定接下来人生归属的，
似乎不是努力，而是选择。

世界很大，我们的欲望又很强烈，很多选择让我们变得浮躁，想得多做得少。看着同学谁谁谁又买了辆好车，谁又出国炫了多少次旅行，除了跟自己狼狈置气，却不知道能拽着哪根救命线，在纠结彷徨时拉自己一把。

面对无数选择的时候，学会筛选目前你最有把握的那一个，做到极致，然后在接下来路遇的每个转角，再选择接下来的方向，就像拖延小姐一样，在该恋爱的年纪恋爱，在该谈梦想的时候谈梦想，在该失业的时候失业，永远专注于正在进行的事。我们都会经历停滞的时刻，也会因为"就这样吧"的生活态度而变得彻底唯心，当一切根本违背了心底所幻想的样子，那就改变。反正决定接下来人生归属的，往往不是努力，而是选择。

落笔这篇故事的日子，正好是"馆子"开张一周年。拖延小姐还在之前的文艺 APP 做着兼职，你一定也不会想到，她的店其实没赚钱，还处于亏本状态。开店没心灵疙瘩汤那么养人，不是喊喊口号努力个三百六十五天就能换来成绩的，毕竟要面对今天爆表的翻桌率明天却无人问津的尴尬。但拖延小姐倒是不在意，反正以她惯常的性格，这样的状态保持几年是没有问题的，只是现在的她跟过去略有不同的是，她觉得世界再大，也大不过眼前这家店，选择再多，也没有拉开"馆子"的卷帘门那刻诱人。

人们会找一百个理由来告诉别人自己不是弱者，却不善于用一个理由来证明自己是强者。生活到最后总有答案，但不会在一开头就告诉你，要相信，理想从来不会迟到，改变总能超出你的预期。

如果把人生用果酱来代替，那最刺激的体验，就是你不知道未来会有多少种口味，也不知道下一罐会是什么口味。

但你知道，已然选择拆封了面前这罐，那一定特别好吃。

To:

你可以纯稚,你不聪慧,
不是所有男生都喜欢一个
泡沫脑的公主...

与其反复思念一个人,
不如鼓起勇气去见TA...

只要此时此刻是快乐的，
就不要 忧虑两人未来会
如何……

你要做到，
当热度退去，
你对他仍会如此珍惜
……

愿我们都能在最好的年纪，
收获最好的爱情。

最好的爱情，
是你们很好相爱时
在别人眼里都是发着光的…

只要你懂得珍惜，
你们就可以一辈子…

该相遇的迟早会相遇，
在这之前，
努力让你成为最好的自己
…

有一个喜欢的偶像

是很了不起的事

只因在人群中多看了你一眼，我们就踏上了追星狗这条不归路。从此辩论交际能力和写作文、PS、Office、Excel技能自动养成，想看你每场演唱会，收集ABCDE版专辑，买完所有同款，想去你的城市找你，而从此我们之间的距离，永远隔着人民币。

而且，我乐意。

在我所有朋友里面，要说粉丝与偶像间互动最让人叹为观止的当属如愿小姐，她拥有一个"只要我喜欢的人，绝对会跟他认识"的恐怖吸引力，一遍遍刷新追星的最高境界。

如愿小姐自带反差萌，特喜欢跟着动次打次的音乐一起摇摆，但她的终身业余爱好是弹古琴，平时戴着黑框眼镜喜好MUJI素色衣服看着以为挺斯文，晚上就换上运动装备练着NTC和十公里夜跑，高兴时抓着你打一两个小时的电话从诗词歌赋聊到人生哲学，不爽时曾经在KTV里徒手砸过酒瓶。

她人生的第一个偶像是蜗牛天王，跟所有粉丝一样，她收集剪报，买漂亮的笔记本抄歌词，省吃俭用买专辑，以一字不落地唱出他的Rap金曲为荣，晚自习还把耳机线从校服袖子里穿出来，用手捂着耳朵偷听。

一晃几年过去，蜗牛天王依然引领着华语乐坛江山，只是走偏成了粉红小公举。有一次他在体育中心开演唱会，彩排当天如愿小姐也去了，她说她也没有跟保安动之以情晓之以理，靠一张安全的脸就刷进了体育场后门，坐在第一排中间位置看彩排。六万人的体育场蜗牛天王就对着她一个人唱，结果第一首歌唱到一半就下了大雨，后半首直接把如愿小姐淋成狗，十二月的天气，回来立马得了重感冒。这还不止，蜗牛天王转型导演带着首部电影在影院跑厅的时候，如愿小姐远远在休息室门口站着，这时有个工作人员匆忙向她挥手说，该让艺人上场了！她默默点头，然后朝休息室里喊蜗牛天王的名字，说，他们在叫你，然后蜗牛天王回应，好的。

一切都自然得好可怕。

散场时人满为患，如愿小姐一路被当做影院工作人员，跟着蜗牛天王他们的电梯下来，然后到停车场的时候，差点被保安一起推上商务车。她扶着车门径直跟保安说，我不是，我不是。保安惊呆了，应该会从此怀疑人生。

问她是怎么办到的，她说直觉，没有尖叫，没有疯狂，这么多年，他出现的地方，她就该去。

那段追逐蜗牛天王的时光成了她平淡日子的惊喜，也成了她蓦然回首时的绵长回忆，念叨着时间太慢结果一夜成熟。大学毕业后，如愿小姐来了北京，受蜗牛天王的音乐影响，第一份工作便是在一家网站做音乐节目，每天过着晨昏颠倒的生活。当时如愿小姐很喜欢看台湾某唱歌节目，对詹姆先生更是印象颇深，他们节目第一期请来的就是他，不过詹姆先生当时是出了名的省话一哥，只会嗯啊哦，主持人问不出个所以然，倒是直戳如愿小姐的萌点，主动跟他聊了几句，还送了他一只军用指南针当纪念。多年后詹姆先生爆红，参加综艺节目被翻包时，谁会想到如愿小姐送的那只指南针也躺在里面。

做音乐节目的第二年，如愿小姐的一段异地恋情无疾而终，那段时间她天天听深情歌王的情歌，用他的声音疗伤，还因为深情歌王长得像她表哥，多了份莫名的亲切感。后来有次深情歌王上他们节目，如愿小姐安排

得万分周到，还打趣地跟他说了表哥的事，结果后来有次深情歌王见到她，竟然会主动喊她表妹。

因为网站生存困难，如愿小姐经历了一次失业的窘迫，刚好那年春晚成就了奇迹先生，全民掀起魔术的风潮，其中为之痴迷的就有如愿小姐，本来不多的积蓄和失业后的空闲都花在成为魔术爱好者这件事上了。某次奇迹先生团队招宣传，她想也没想就递了简历，于是真的短暂当了几个月的宣传，还跟他们团队的人成了朋友，前不久还一起去了日本的熊本度假。

看着他们的合影我吃惊地问，你这又是怎么办到的。她说，你们都只看到他见证奇迹，却没看到他背后每一次拼命，了解他之后不喜欢真的太难了。在你最迷茫的时候，偶像最能体现它的价值，喜欢的人剧透了你的理想人生，就感觉未来一切都有可能，于是自己也想试试看，其实他们潜移默化影响了你的决定。

这一切都看似云淡风轻的，只不过追星狗决定一万遍还是追星狗，如愿小姐决定一次就能跟偶像认识。

包括她后来在 W 的关注列表里只身待过一阵子我也不意外了。有段时间她在云南跟组，男一是 W，他等戏间隙会支一个迷彩小帐篷，自己躲在里面打坐。当时如愿小姐不知吃了什么胆过去请他给媒体签名，走到帐篷前刚说完话就后悔了，W 抬眼看了看她，气氛凝结，如愿小姐看他穿着一身迷彩此时特别适合掏枪，结果一道亮黄色的光芒拯救了她，因为她不小心瞥见了 W 的袜子上赫然印着好大的海绵宝宝。

从此高墙轰然倒塌，不过没影响他们的交集。W 会跟她聊港片，会跟她说起儿子的星座，在 KTV 还切了她喜欢的歌让她唱《华山论剑》的

主题曲，像大孩子般没心没肺，做起事儿来比谁都严谨。

如愿小姐说，他就是个闪闪发亮的哲学家，尽管大部分时间都伪装成了脾气火暴的影帝、知心大叔、逗比的三岁以及 MAN 爆了的绅士。她至今印象深刻的，是他说的一个佛学观念：慈悲两字，我觉得悲心更重要。

她当时有点云里雾里，后来如梦初醒全都懂了。

2012 年冬天，如愿小姐经历了人生最被动的一次转折。因为杭州老家的父亲出了车祸，右腿重伤，行动不便，如愿小姐忍痛放弃北京的事业和朋友，回老家照顾父亲。看着父亲无辜受罪，眼泪扑簌扑簌掉不停。那段时间她过得非常抑郁，整晚做梦冒虚汗，可能也是上天给她安排的契机，某天她在 BBS 上看到一位很有名的上师照片，惊觉跟她前几天梦见的喇嘛无异，恍然原来世界上真的有这么个人，于是便一直靠关注他的信息给自己精神层面的安慰。

有一个喜欢的偶像
是很了不起的事

the BRAVEST of you

父亲的伤势好转之后，她就背着双肩包一个人去了印度。在当地加入了一个台湾的义工团，去帮那位上师主持的法会做义工，结果没想到那天竟然碰到上师本人。她说上师见她的眼神像是认识多年的朋友，毫无意外地，一切如命定，她当日便皈依了，成为正式的佛教徒。上师还给她起了法名，叫如愿。

如愿小姐回去后整整哭了一夜，于她而言，这可能是她人生最高段位的偶像，能亲眼看到那个人，已然变成一种仪式。

印度之行后，如愿小姐重拾信心，生活回到正轨，继续见习着她的吸引力法则，一次次在不经意之间如愿，平安乐活。

现在的她，在上海工作，虽没有恋爱，但养了只猫陪伴也不算孤独，依然爱着古琴，晚上也积极跑步。直到今天，对她来说发生了很多"活久见"的事，比如深情歌王和 W 同框上了综艺节目，奇迹先生结了婚，詹姆先生话多到能当导师还能四处供水，而蜗牛天王也已经当了爸爸。

喜欢的人都不再年轻了，她也是。在所有人都赞叹她身上这种奇妙吸引力的时候，或许也只有她自己知道，所谓"追星"，不过是"一起成长"。之所以能与喜欢的人产生交集，或许是因为这已不是单纯的喜欢，而是一种习惯，就是在每个失意的瞬间，每个想哭的瞬间，每个笑出腹肌的瞬间，每个感受到这个世界还有美好的瞬间，一想到对方，就惯性地充满力量。

很多人不理解我们当初为他呐喊，把他的专辑歌名串成一段话，收集有他的报纸杂志，第一时间看他的采访和节目，攒下一笔人们认为不值得的钱跟几万人一起陪他唱歌一样，大概也不会有人理解，我们因为喜欢那个人，而默默在做着向他看齐的事。

就像有次我落地北京，看到成群的粉丝举着偶像名字的灯牌接机，他们在旁人看来可能都不可理喻，但没人知道他们眼睛里闪烁的东西，以及偶像的一个微笑，哪怕只从自己身边匆匆走过，对他们而言的意义。

有个有趣的提问，TFBOYS 和 EXO 谁更努力，下面的答案很好笑，他们的粉丝更努力。是啊，粉丝其实是个很感动中国的群体，帮偶像说话，被骂脑残，不说又憋屈，想让全世界知道偶像的好，但对别人来说都不重要。像是打不死的小强一般照顾自己还要无条件宠爱喜欢的人。要说正能量，无人能及。

记得我中学那会儿，每天生活都充斥着林俊杰的歌，还跟班上所有不喜欢他的人为敌，考试作文里写他，给杂志投稿的文章也写他，因为他结识了一圈可以结伴此生的朋友。十几年过去，写书的时候都还习惯听他的歌，会因为他没得金曲奖而愤愤不平，还有机会带着自己的书跟他同台，甚至给他写了歌词。每一件事都想谢谢他，让我小时候曾幻想的一切都如愿以偿。

我们每个人，不是都有像如愿小姐一样十足的运气，但我们可以活得像自己，好恶分明，做每件事都尽力。粉丝与偶像之间，难得的不是一场场相遇，而是三观相同的默契。有一个喜欢的偶像，是很了不起的事，他会发光，而且照亮了我。

每当别人问起，都底气十足，之所以变成现在的自己，是因为有个让我不后悔喜欢的他呀。

Six things
my idol likes:

No 1

No 2

No 3

No 4

No 5

No 6

Six things
I like:

No 1

No 2

No 3

No 4

No 5

No 6

对的人很多，

但爱的人只有<u>一个</u>

有很多对恋爱的比喻，像是一场旅行，必须要看完所有风景才甘心；像是投简历，投了无数用人单位可能才有一份回应；像是吃泡面，有时看着别人吃着香，自己吃起来却不是滋味；也像是坐公交车，晚一点没关系，错过了可以等下一辆。

土豆先生和西红柿小姐的关系很像出租车，看似两情相悦，却压根不是恋人。土豆先生就像自愿停车等她随叫随到的 2B 司机，西红柿小姐则像上了出租车却不去目的地的 2B 乘客。

两人保持友达至上恋人未满的危险关系长达十年。西红柿小姐，唱片公司金牌经纪人，身高一米五的"矮冷"女强人，以"我喜欢"作为人生座右铭，每天昼伏夜出做 PPT 谈合作。高中时转学成了土豆先生的同桌，带着他打架逃课成为学校风云人物，一路躁到大学，组社团接演出，最后形影不离漂到了北京。而土豆先生，就是一个爱吃土豆长得还没土豆可爱的小跟班，扛过摄像机，做过情感节目的托儿，现在在一家娱乐公司做宣传。皮肤黝黑，梳着辫子，看着挺有艺术气息，实则直男癌重度患者，没什么大理想，"普通"是他唯一标签。如果说西红柿小姐在女人堆里能靠她的小个子大光芒成为亮点，那土豆先生丢到人群里就是用来衬托其他男人的。

这几年西红柿小姐桃花不断，且都是些名门才子之流，她对有才华的男人没有抵抗力，最后一次恋情更是场异地恋，对方是一个做电影美术设计的台湾人，标准高帅富台球打得也好，美中不足就是洁癖太严重，西红柿小姐饱受非人折磨，每天连根头发丝都保护得小心翼翼，生怕掉在床上被他全身心嫌弃。

为此土豆先生常莫名接到西红柿小姐的求救电话，说台湾人突然来北京，但她人不在，要他半个小时内去她家救援，换床单被套打扫卫生。土豆先生唏嘘觉得她这是何必呢，爱到没了自我，西红柿小姐就呛他的零经验爱情史，说他不懂，若是求一个玩伴，撩拨孤单的人，那尽管敷衍，但若是求得长久共眠，就必须为对方妥协。

　　土豆先生不以为然，若是情深挚爱哪需要为对方改变。

　　果然，西红柿小姐还是落了单，台湾人选了一个大胸锥子脸出轨，失恋当晚西红柿小姐抢着酒瓶大骂男人都一个熊样，然后向土豆先生的家投放了一枚原子弹，乱到一个惨不忍睹。她抹着眼泪吼，"我要吃肉！老娘跟台湾人吃了三个月的素！我要红烧肉！"土豆先生真的给她叫来好几份红烧肉，两人神经质地开始比赛吃肉，吃到土豆先生满面油光抱着马桶狂吐时，西红柿小姐才收回眼泪，用她惯常的台词为第 N 次失恋做了个收尾——"好了，我要去做 PPT 了。"

　　西红柿小姐不知道，这次失恋成为她漫长水逆的开端。

　　这天土豆先生如常接到西红柿小姐的电话，说有个歌的版权费急着付，先让他垫二十万，土豆先生积蓄不多，但在西红柿小姐面前没有咬牙考虑这件事。二十万转过去的第二天，西红柿小姐又问他还有多少钱，土豆先生说五万，西红柿小姐压低声音，"给我。""那是我娶老婆的！"土豆先生委屈道。"你就当暂时娶了我！"西红柿小姐撂下狠话。没过几天，西红柿小姐又来了电话，土豆先生这才彻底生疑，逼她说实话。西红柿小姐煞有介事地强调三遍让他必须保密，然后说，我在配合警察局缉拿犯罪团伙，他们以我名义洗钱！土豆先生一道晴天霹雳，妈蛋，你被诈骗了。

后来两人上警局报案，面对一百万巨额诈骗数目警察也目瞪口呆。土豆先生倒是能理解她，在那些精明的老人和智商感人的年轻人面前，一听到电话那头的人要动你户头里的钱，一定会比谁都警惕，也只有西红柿小姐，会在一步步圈套里让正义感胜过理智，以老娘会处理好一切的姿态为民除害。

这一百万是西红柿小姐这些年辛苦的全部积蓄，通过这件事，她无比后悔，后悔之前在米兰的时候没多买几个包。

没有意外地，西红柿小姐直接搬去了土豆先生家。起初还有点痛定思痛的决心，吃煎饺倒个醋都学会着省点，几天过去立刻打回原形，水果一叫就是一百多块的，吃不完就扔掉。她骨子里压根就没钱的概念，只为喜欢的东西拼命。

别看土豆先生平时愣，但照顾起人来非常细心，他把自己的房间让给西红柿小姐，自己买了张沙发床在衣帽间睡，冰箱里准备了西红柿小姐最爱的抹茶冰淇淋，鸭脖配苏打水，每天会准时一个微信问她晚上回不回去吃饭，就连西红柿小姐拉屎喜欢开着门大声聊天，他也都忍耐着配合。

　　土豆先生常说，最好不要让你那些男友看到你这个样子。西红柿小姐腹诽，他们没这个运气。

　　土豆先生家有一猫一狗，折耳猫叫小白脸，萨摩耶叫鳌拜。西红柿小姐怕猫，每次都特别幼稚地故意在小白脸面前表现自己有多爱鳌拜，抱着它自拍，给它吃香喝辣的，小白脸也不是省油的灯，经常跳到她身上吓她，为此闹过不少次人猫大战。

　　这天西红柿小姐接到一个电话，对方操着一口南方口音说是她领导，让她去办公室一趟，西红柿小姐神经一紧认定是个骗子，一口一个老娘用

生命问候了对方全家。结果那人真的是她领导，还是不常来公司的那个大股东。领导本来要给她加薪，最后直接劈头盖脸给她骂了回去，不仅埋汰她的感情史，还直戳她被骗一百万的痛处，说她是不是脑子有病，有病给她放几天假，西红柿小姐自尊心强性子倔，直接撂摊子说免了，我给你放一辈子假。

丢了工作的西红柿小姐回到家就蹲在厕所里，门开着对着空无一人的屋子抱怨，突然小白脸冲了进来，不由分说地跳到她腿上。西红柿小姐吓得把它甩开呵斥了一声，小白脸抖了下身子就跑了。

谁也不会想到，那天是西红柿小姐最后一次见到小白脸。

窗户虚掩着，没人知道小白脸为什么会从九楼掉下去。后来土豆先生抹着泪把它葬在楼下的枯树旁，鳌拜趴在一边心痛得嗷嗷叫。西红柿小姐躲在屋里靠听歌转移注意，却被土豆先生一把扯掉耳机，红着眼说，你不要太自以为是了。

那天是两人认识这么久以来吵得最厉害的一次。不是因为小白脸的死，而是好像注定了这是一场必须吵的架，两人仿佛握着手术刀开始不断剖析这些年来对方的好与坏，所有的不对等与不甘心最终被冲动围堵，说出那些不适合的话。

西红柿小姐搬出土豆先生的公寓，想说的话尽管都在喉咙里，最后还是被沉默吞噬，两人自此断了联系，再遇见时隔一年之久。

气温降至零下的首尔，年轻人聚集在热闹的弘益大学周边等待跨年。人群中有几个可爱的抱抱团女生举着"Free Hugs"的牌子跟陌生人拥抱，土豆先生被摩肩接踵的人群挤到其中一个女的身边，那个女生抱着牌子转

the BRAVEST of you

对你没来由地脾气，躲在厕所的那下最真实的面孔，多因为潜意识觉得你不会离开。

过身，没想到是西红柿小姐。

"别这样看着我，我只是好奇，就借它过来玩玩。"西红柿小姐边说边指着木板掩饰尴尬。土豆先生一把将她拥在怀里，沉吟半晌说："抱你的人那么多，你还需要啊。""挺需要的，小白脸走了后，每天都需要。"西红柿小姐喃喃道。然后土豆先生抱得更紧了。

临近零点倒数，弘大附近的地下酒吧连门口都排满了人，土豆先生和西红柿小姐缩在大衣里，四处找地方落脚。最后在路上行人开始喊数字倒数时，他们躲在一个小酒馆门口，几个黄发老外吆喝着点燃了属于 2015年的烟火。

最后他们去了一家烤肉店，两人把自己灌醉，开始聊起过去。土豆先生说了好多西红柿小姐不堪回首的往事，她羞赧地把烤好的土豆片一股脑塞到土豆先生嘴里，嚷嚷着，你差不多得了。

"什么叫差不多得了？"土豆先生突然语气变得严肃，"唱歌唱到一半，我对自己说差不多得了，于是我按下切歌键；俯卧撑做到八十个实在累得不行，我对自己说，差不多得了，于是我站起来去喝水；为自己拼过几次，我对自己说，差不多得了，于是我过了二十多年平凡日子；可是，爱你这么久，我怎么对自己说，差不多得了。"

西红柿小姐无力招架，仰头喝了整一杯酒，骂他，"你是傻×吗？"

故事的结局他们还是好上了。

很多人会说，太扯了吧，他们这关系能在一起早就在一起了。但其实，日子都是处出来的，没有不能拥抱的两个人，只有不敢靠近的两颗心，就像你身在持续的噪音中感觉不到噪音的存在，当噪音停止，你才能意识到刚刚的聒噪一样。我们总是在最好的爱情里而不自知，对其视而不见充耳不闻，有些人跟他分开后，感觉是解脱，而有些人是为了让你觉察到，失去对方言行字句的世界，自己才更爱对方。

有些人兜兜转转那么多年，好像就是为了最后能在一起而准备的，土豆先生和西红柿小姐回归正常生活，两人和鳌拜同哭同笑同居，西红柿小姐继续"矮冷"，不过突然很喜欢跟猫有关的一切，甚至是 Hello Kitty，并打算用一辈子欠着土豆先生的老婆本。土豆先生继续傻愣，任何事装作听不懂的样子做个天真无邪的小跟班——Sorry, I don't understand。两个看似毫无关系的物种，但他们心里无比清晰，只有在土豆先生面前，西红柿小姐才可以变成番茄酱，而土豆先生甘愿为她成为薯条，两人因此绝配。

土豆先生常说，最好不要让你那些男友看到你这个样子，其实有隐忍的下半句，因为我不想让他们知道你有多可爱。

相遇是春风十里，原来是你；相爱是山长水阔，最后是你。对你没来由的脾气，轻易展现那个最真实的自己，因为潜意识觉得你不会离开。爱情是成千上万次相遇，对的人有很多，但爱的人只有一个。

想看好看的风景，想吃好吃的东西，
想爱最好的人，不努力怎么实现啊...

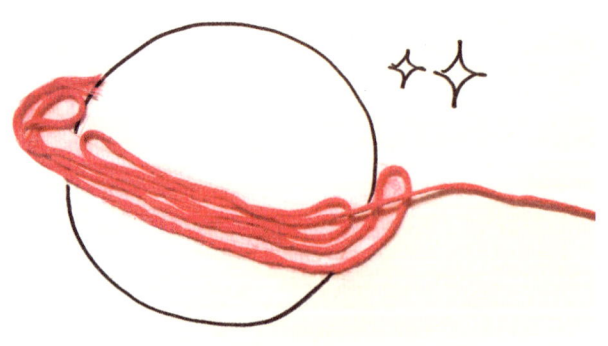

但愿这个冬天会眷顾我
...

毛线温暖

有雪的季节,
对配温柔,
也2须毛也好一点
...

记得穿秋裤… ><

一晃是一年，匆匆又冬天，
还有很多事没有做完，
在未很遥远，结束它们…

降温了，

起风了，

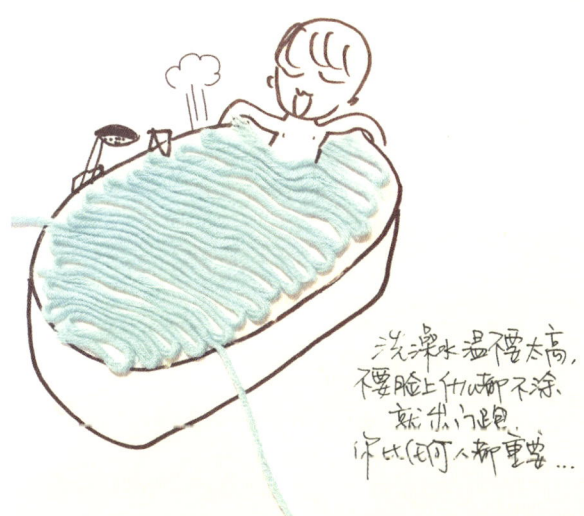

洗澡水温得太高，
连脸上什么都不涂、
就出门跑、
体比任何人都重要…

与爱的人牵手并肩，手心的温度，
能让人感受到心在何方……

早上的被窝很温暖，
没关系你可以赖床，
但你要明白，
早晚都必须起来……

愿你的世界阳光温柔，

冬天快乐。

羽绒衣是胖子
最好的伪装，
还是要注意运动哦
···

那天阳光很好，

你在身旁

一直想要专门为他写一篇故事。

我跟阳光先生是在朋友的生日局上认识的，第一次碰面可谓硝烟四起。那时我是刚到北京的预备北漂，他在一家如今早已没落的音乐网站做主持人，我不知道那天自己是哪根神经搭错线，穿了件雪白的亮片衬衫去KTV，让他见我第一眼就认定是个养尊处优的"90后"少爷，不屑搭理。我那时性子也倔，见不得他留着一头厚刘海装萌，偏要跟他拼酒，给咱们"90后"长脸。结果几瓶洋酒下肚，我趴在厕所马桶边狂吐，从隔间出来时看见他也捂着肚子一脸痛苦，当时我俩面面相觑，精神立感抖擞，强装镇定道了个幸会。

这互看对方不爽的一役后来竟让我们成了死党。

阳光先生说，我们结识一个真心的朋友，不是希望他让你变得完满，而是希望与他分享你的完满。

那个时候我还视友情为最高信仰，喜欢在网上写一些中二病文字。阳光先生比我大四岁，身边朋友包括我都习惯喊他哥，这位哥哥那时也是真的闲，常在我那些友情大过天的文字下面骂我矫情，跟我讨论友情真谛。

我那时理解的朋友，就是每天都腻在一起，吃喝拉撒喜怒哀乐都明摆着摊在你面前，你喜欢就奉陪，不喜欢就拉倒，酒是一定要喝的，歌是一定要唱的，说好一辈子也就少不了分秒。我一直在见习这样的朋友理念，结果越是在乎热闹，反而越是落寞，没几个知心朋友。

就像还没有数字电视的时候，就七八个台看得挺起劲，现在上百个台了就两秒换一个。还写信的时候，朋友都挺走心的，现在微博微信，全世界都关注了却没几个真关心。

我过了一段消沉日子，写不出东西，关闭了社交窗，没有正经工作，还打肿脸充胖子不肯管我妈要钱，穷得一天就吃一顿。那会儿瘦得特别有成就感，阳光先生看不过去，向我伸出援手，请我吃遍京城大小吃。作为回报，我代替了他家的家政阿姨，每天早上帮他买煎饼油条，周六准点去打扫卫生。生活中他是一个重度归纳癖，比洁癖的杀伤力更大，所有一切井井有条，洗漱台瓶瓶罐罐按大小一字排开，衣柜里内裤袜子按颜色分类，电脑里的照片全都按时间地点一个个文件夹分好。曾经我看完他一本杂志没放回书架，然后他饿了我一天。

　　2012年年底，机缘巧合下我跟朋友一起做了个宣传公司，朝九晚五忙碌起来，倒是阳光先生突然变得很清闲，宅在家自学英语，晚上再去健身房蹂躏跑步机，每天乐呵呵的。我以为他都背着我赚钱，结果也是后来才知道，其实那时候他音乐网站的节目停掉了，根本没有收入。有天他异常兴奋地拿着一枚戒指说他终于接到活了，前老板介绍他主持某珠宝品牌的发布会。其中有个环节，是让主持人用变魔术的方式把戒指变出来，出于信任，让他先拿回家练习。结果好巧不巧的，我在打扫卫生的时候，没认出来那枚带了套的戒指，连着外包装当垃圾丢了。

　　我到现在还记得，那晚北京下了有史以来最大的一场雨，路面积水已经淹过小腿肚，我俩像疯子一样翻着小区楼下的大垃圾箱。我操着脏话连带着无数个对不起把几个垃圾箱都翻了遍，连我亲自扔的那袋垃圾都找到了，却不见戒指。不过阳光先生倒是一脸镇定，我问他这戒指贵吗，阳光先生说："五位数吧。"我说："靠，你杀了我吧。"他说："那不行，我失业了还请你吃香喝辣的，杀了你没人打扫卫生买早餐，那我不亏大发了。"我当时鼻子有点酸，"求你别这么正能量了，你骂我我可能舒服一点。""骂你有啥用，戒指又不能回来。"说完他蹲在地上继续翻垃圾。最后在我们都打算放弃的时候，他突然骂了我一句，"张好撑我 × 你妈的。"我扭头委屈，"靠，你还真骂啊……"我张着嘴愣在雨里，只见他举着那枚戒指对我傻笑，厚刘海耷拉在头上，像一根根水草。

然后他抹了把脸埋头哭出了声。

那晚之后，阳光先生剪短头发，掀起刘海露出饱满的额头，上了发条般拼命学英语，跑步健身，重振旗鼓瞒着我们参加了某国际音乐频道的主持人大赛，他那低调性子直到最后杀进决赛才跟我们说。决赛当天，我们几个朋友穿得兴师动众去压场子，开着 iPad 灯牌，全程用生命尖叫。他夺冠的时候我把他名牌抢过来戴在胸前，甩着大衣跟他合影，他极不情愿地呛我，干嘛穿一件你爸的衣服来，我反唇相讥，得了，现在是大主持人我说不过你，红了之后怕是也会忘了我。

那时我真以为我们到了分岔路，还专程发了条微博，配着那张合影，特矫情地写，那天阳光很好，你在身旁。

权当做友情的美好纪念。

后来证明我想太多，还好他没一下子爆红成何炅汪涵，即便商演接不断，但还是照常带我吃喝，给我灌输无穷正能量。此前我意外"怀孕"，生了两本斜角仰望天空的疼痛青春小说，让我写作梦想套牢。也是阳光先生鼓励我，开始给某文字 APP 投稿，随着心境成熟写的东西也更正面，没想到被点赞无数。原本幻想着要跻身大牌作家行列，结果爱好手机摄影的阳光先生觊觎我学前班的画画水平，拉拢我一起合作了一套创意插画，从此我变成了半个画画的。

更意外地，我们合作出书，转型成了工作上的搭档。

在这之后的事，已然成了进行时。我们由喝酒唱歌吃饭翻垃圾堆的战友变成在工作台上的 TFUNCLE 组合，为了一张都敏俊画得像不像，或者是一片树叶到底像头发还是裙子吵得不可开交。他说，我看你根本不是负责画画写字，而是负责冲动，我问，那你负责什么，他回，我负责好看。

去你妹的。

今年春节，我们几个好友集体带父母去苏梅岛旅行，大家租了一个大别墅，里面有一个设施完备的厨房。有人提议晚上自己做菜，于是大家以家庭为单位各自认领任务去岛上买食材。我们那个别墅路上有一条特别陡的坡，我和爸妈回来的时候坐的 TUTU 车突然在大坡中间抛锚，无奈只得下地手脚并用地爬上去，结果最后迷了路，还是打电话让阳光先生隔空导航，才回归大部队。

当时我妈说，你看看人家能力多强。我腹诽，虽然我承认这座阳光灯塔足够优秀，但我坚持认为，一段好的友情，不在于你找到或欣赏对方的什么特质，而是当你们相处时，你展现了哪个部分的自己。

我足够没心没肺，足够暴躁冲动，足够路痴，所以好感谢我足够有勇气做自己，还有人真心把我当朋友。

我们别墅的中心有一块大泳池，开餐前，我跟阳光先生举着自拍杆拍下各种鬼脸，他下着指令：你表情再夸张点，弯点腰，你往后退点，再退点。

然后，我就掉进了泳池，依稀能听见大家的笑声。

记得耳朵边也是这样的水流声，好像回到了那个我们捡戒指的雨夜，其实后来看到他坐在地上哭，我也偷偷抹了眼泪，觉得他特不容易。记得我们相遇那天在 KTV 吐过八百回合后，最后两人搭着肩乱吼林宥嘉的《想

我足够没心没肺，足够暴躁冲动，
足够路痴，所以好感谢我足够有勇气的自己
还有人真心把我当朋友

自由》，歌中唱，只有你懂得我就像被困住的野兽，在摩天大楼渴求自由。醉醺醺的我小宇宙燃爆，认定我们一定能脚踏这又爱又恨的大帝都，无死角自由。记得他穷我也穷的时候，他把皱巴巴的桌布铺好，说今晚吃雪菜炒肉丝，我翻起白眼，他最爱用雪菜炒一切东西，不过是真好吃。记得我们跑签售的时候，媒体让我们聊聊对方，我开玩笑说他总说自己高，其实都离不开增高鞋垫。他说，我这辈子应该受不了第二个他了。当下我很生气，后来细思极感，感动的感。

　　还记得我写不出东西，身边没有朋友的那段苦日子，他靠着椅背云淡风轻地说，其实不用跟自己较劲，聪明的人要懂得找机会，也要懂得舍弃机会。很多人说再坚持一下你就成功了，有时候却是换个方向你就成功了。一直努力的意思，不是说一直在一件事情上努力，对人也是如此。

　　我一直认为，我能变成如此这般好，全仰仗在我最迷茫的时刻，认识了这个让我值得骄傲一辈子的朋友。

　　我们经常互相利用，当面各种拆台，平时少联系，有事聚一起。之所以肆无忌惮，是因为彼此练就了牢牢的安全感。长大后你会发现，朋友就是那些知道你再好也不捧着你，知道你再不好也愿意保护你的人。

　　电影的好坏不重要，旅行的目的地不重要，餐厅的口味不重要，重要的是，和谁一起在做这件事。人与人之间总是太辛苦才能抱团取暖却又太容易分开。希望未来的某天，你能记住的不是你去过哪里，哪家餐厅好吃，或者电影讲的是什么，而是记得那个人。

　　海海人生，相信所有的不顺遂一定为你积攒了运气，要你遇见他们。

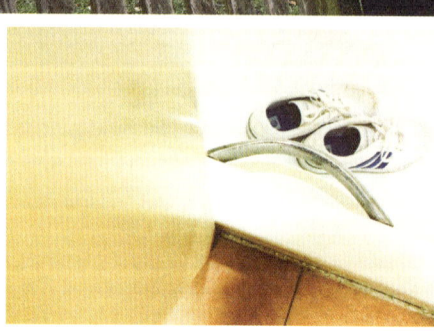

the BRAVEST of you

我们结识一个真心的朋友，
不是希望他让你变得完满，
而是希望有他参与你的完满。

14

谢谢我们不完美

网上有一个六岁的小孩写的作文《爱是什么》，他说爱就是当你掉了一颗大门牙，却仍可以坦然微笑。因为你知道你的朋友，不会因为你的不完美，就停止爱你。

孩子都懂，在我们牛 B 轰轰的时光里，一定有几个 2B 陪我们放肆。

寝室里四个女生，分别是肥羊，一个用 C 罩杯大长腿秒杀万物的天津人，没心没肺又正义感爆棚，开学第一天就自然成了寝室里的大姐大，驰骋在酒桌间叫着"走一个"的女中豪杰就是她。接下来是阿 CO，人生永远在犯二，丢三落四目前还没丢过人，胆子小到可以忽略她这个器官，看香港枪战片都会在电影院尖叫的那种，不过长得像陈意涵，浓眉大眼的，"妈妈最爱儿媳妇模板"获奖者。三妹游林，成都软妹一枚，高浓度文艺青年，饭陈绮贞苏打绿，粗布麻衣是标配。最后一个叫小玉，温州人，民歌专业，自带鬼上身属性，在寝室几乎不说话，整天抱着手机面无表情地坐在床头，孤僻到以为是在搞行为艺术。

寝室四人从军训初始其实互相不待见，总有层女生之间神秘的纱隔着，好在肥羊神经最大条，永动机的性格嘴巴一刻没闲着，没过几天夜跑回来就直接在寝室里裸奔，这让没见过世面的阿 CO 立刻拜倒在其 C 罩杯下，觉得这样性格的女子太美了，两人迅速组队。接下来靠一场苏打绿的演唱会成功拉拢了游林，就连不合群的小玉也因为帮她点了几次到后，乖乖地飘在她们身后。自此四姐妹桃园结义，上课吃饭睡觉聊八卦强行绑定。

这天肥羊在四人的 QQ 群里煞有介事地说她有个发小最近缺爱，让她发几个妹子过去。肥羊介绍此男缺点不少但优点就是钱多，家里搞房地产的，又是流行的小眼睛，特别像韩国明星 Rain。大家一致推举少男杀手游林，她捧着一本安妮宝贝娇羞地说，"人家不喜欢小眼睛啦。"结果转头加上Rain 的 QQ 后，每天像块望夫石一样守着电脑，不时发出一阵荡气回肠的甜笑。

当时 Rain 还特意跟肥羊打电话，问她自己跟游林在一起好不好，肥羊媒婆上身大赞这段美好姻缘，于是 Rain 理所当然地跟游林成了异地情侣，只是没过多久他们就分了手。特别擅长用 QQ 号手机号和名字百度一切的游林偶然发现了 Rain 的匿名博客，被她知道 Rain 一直喜欢肥羊的秘密，于是回寝室哭着跟肥羊大吵了一架。

肥羊在电话里责问 Rain："你他妈在开玩笑吧，我们不是朋友吗？！"Rain 反唇相讥："我当时问你，我跟她在一起好不好，你回答得那么干脆，你听不到电话对面的我声音很抖吗？从小到大我一谈恋爱都第一时间在你面前炫耀，用了十多年激将法激你都无济于事，你是瞎子吗，朋友？他妈的我最不想跟你做的就是朋友。"

故事真的特别狗血，但谁的人生不狗血啊。反正四姐妹分崩离析，落得分圈子的田地，QQ 群被两两拆分，开始女生惯常的勾心斗角，一直持续到大四毕业。

她们中最不可能恋爱的小玉竟然在毕业散伙饭上带来了一个男朋友。后来她们才想明白，这些年沉默

的小玉，每天都抱着手机跟她的神秘男友传情，当然不愿搭理其他三位寂寞又幼稚的单身贵族。

这里面最无辜的阿 CO 闪着一双大眼睛看着寝室逐渐搬空，曾经预想大家抱头痛哭或者醉一场都成为幻想。游林床头的吴青峰海报被撕得只剩一半，肥羊晾在架子上金光闪闪的 bra 已不知去向，以及再也不会在半夜醒来，看见穿着一身白衣站在窗台边发呆的小玉。

好像这一切都不曾发生过。

时间一晃四年过去，人越成熟对生活的态度越淡然，从前会执着你身边的人够不够在乎你，现在面对他们的走走留留，心里竟有了坐看云起云落的豁达，当初说爱你的人可能在对别人说同样的话，说好不分离的朋友也有了你去不了的目的地。不用苛责，那是他们的归属，只要你心里拥有信念，人生的最后，陪伴你的那几个人，他们在就好。

还好最后她们四个人都在，总部换成了微信群，即便设置了消息免打扰，也会被每天上千条的聊天记录刷到头痛。大学的游林开启了肥羊生锈的恋爱阀门，跟 Rain 结了婚，那年婚礼只有阿 CO 去了。本以为不会再有

有人为你点高过了世界的灯，
有人打开你心里的尘。
我们内心越独立，重要的人就越少。
你不确定什么时候会失去他们。
唯一能做的，就是对那些还留在你身边的更好，
陪伴人生的平淡与热闹。

交集的四人也因这场婚姻重聚。Rain 不改浪子本色，那一段铿锵的表白也全数作废，婚后出轨数次，把往日最没心没肺的肥羊几乎快逼出了抑郁症，好在阿 CO 及时找回了游林和小玉，帮她重建信心，大胆离婚。

　　游林早已把当年的狗血经历当成青春素材，几次用在自己设计的广告文案中，她现在就职于上海一家 4A 广告公司，一心专注事业，再没有过往棉麻婊造型，而是改头换面走了中性风，大红唇利索短发，一句话里必须夹英文，非常 international。而小玉，毕业就由爸妈包办婚姻，跟她的神秘男友结婚，生了个大胖小子，每天在群里晒娃，有说不完的话。

阿 CO 是最惊人的，成了女子监狱的狱警，每天跟一群女犯人生活，嗓门铿锵有力，教她们唱歌，一起看跑男。她在爱情上一直没尝到甜头，倒是因为每天在这些想要好好表现的女犯人面前享受着女王待遇。

四个人在群里每天各自分享生活，没人再谈起大学时那段缺席的时光。她们中第二个结婚的是游林，大家本以为照她这架势发展下去不嫁给王思聪都说不过去，结果跟公司新来的同事看对了眼。虽然那男的比她小四岁，但这位小丈夫成熟稳重，把游林调教得万分顺从，不过也无法阻止她每天在群里深夜放毒，分享什么女人抓住男人心的十个步骤，以及跟老公做爱的一百种姿势。

她们虽然不在一个城市，但会约好同步去电影院看电影，结束后好在群里聊剧情。无论有无家室，必须打着一百二十分的警惕心挖掘帅哥，第一时间上缴进贡。以及每天必须各自汇报一日三餐。她们有个不成文的规矩，就是早午餐可以随便炫耀，但只要晚餐超过规定卡路里，就要接受被踢出姐妹群的风险。

被这一切折磨最狠的人是小玉，一个在国企工作，儿子老公最大，又没见过世面的女人要跟上其他三位神经病的步调，着实辛苦。

她们也有相聚的时候，偶尔会互相去对方的城市蹭吃喝，遇上小长假就组团去国外旅行。无论天气晴雨，身在纽约第五大道还是帕劳的森林小径，都必须妆发到位，美颜相机搭配自拍杆，留下照片发朋友圈。心机鬼游林经常只顾自己美，发的照片完全不顾已经变形的其他三位，为此她们常抗议让她删掉。她每每都会说"挺好的啊，很漂亮啊，干嘛删啊"，她们翻着白眼，好看你大爷，然后上去就是一顿狂殴。

不过现在她们中肥羊的气焰反而是最弱的，可能还是离婚的后遗症，让她再也找不回当初那个即便世界末日来临也能不要脸赖到最后的自己了，甚至从视觉上看，她的罩杯和身高都随着性格缩了水。

身为狱警的阿 CO 命中注定成为她们旅行的拎包员兼保镖。去年她们去巴西看世界杯的时候，误打误撞到了贫民区，遇上暴民围着她们要钱，几次斡旋之后都未果。眼看其中一个男的想动手，阿 CO 机智地操起游林的自拍杆就给那男的当头一棒，混乱中招呼几个姐妹专门往蛋上踢，她们一踢一个准，占了上风就立刻往外跑。途中恰巧碰上国内的时尚杂志拍片，浩浩荡荡十几号人，她们才像找到靠山般脱离险境。出门在外还是祖国人民好啊。

以上，仅仅是这四位奇葩女人琐碎生活的一部分。

当初她们毕业时，微博刚好兴起，经常有一些特别鬼畜的账号，比如给男友给闺蜜给爹妈的一百封情书。这里面最不文艺的肥羊建过一个账号，叫给游大大的一百封道歉信，每天发条长微博，附加一句"对不起"，弥补心里对游林的亏欠。

这事儿她一直没跟游林提起。

不管是过去还是现在，收获或是失去，都好感谢这些经历让我们成熟。我知道是我对不起你，欠着你，但我真心不喜欢这个结局，反正最后我们都会变成一起跳广场舞的大妈和满脸褶子的老太婆，可怜巴巴又斤斤计较，那我们现在还分开做什么呢。

我想念你取一边耳机给我听歌，想念没事就以吓阿 CO 为乐子，想念只要我们一回头就能看见玉，我也想念那个把脏话挂嘴边，自个儿开心比天大的我自己。我这样一个没感情的人都难过到死，你又怎么受得了。

这是最后一封道歉信，我解脱了，你他妈必须给我过得好，不然我不死心。

肥羊不知道游林是个装 B 装得很失败的文艺青年，不然游林怎么偶然搜到这个微博后，还是看哭了呢。

我们一生会与无数人擦肩相遇，后来有那么多人叫你亲爱的，却抵不过和当初那几个人一起胡闹的岁月。在你受了伤，在低谷寻求帮助时，能来拉你一把的还是那些人，人与人之间多一分寸的距离，就容易变成失去联系的荒唐，也终需要有一段经历，才能看清远近。在或不在，都值得惦念，忙或不忙，都懂得关心，时间会让你越来越不懂如何交朋友，因为它早已把真正的朋友留下。

有人为你点亮这个世界的灯，有人拨开你心里的尘。我们内心越独立，重要的人就越少，你不确定什么时候会失去他们，唯一能做的，就是对那些还留在你身边的人更好，耐守人生的平淡与热闹。

路还长，谢谢我们不完美，才能在你的世界里多赖一会儿，磕掉几颗牙也没什么关系。

没有必要急着成熟，
最好的时光，
就是现在……

其实你没你想象那么重要，
原谅自己的平凡，
做点该做的事……

生活小物

别太执着那些过来人的话，社会的深浅，自己去试...

如果说相遇花光了运气，
那相爱则靠的是勇气…

人生没有太晚的开始，
一切都还来得及…

聪明如你，

有的人，总是从你的世界路过，
别把 TA 看得太重要…

你就安心睡吧，
反正那些比你姑看的人
早已经起床努力了…

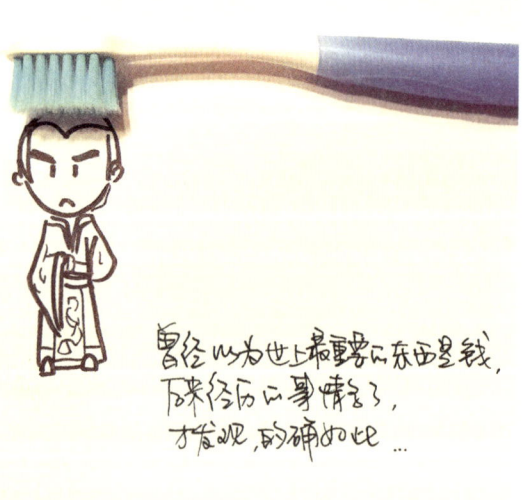

曾经以为世上最重要的东西是钱，
后来经历的事情多了，
才发现，的确如此…

有时候很多事
越早知道越好。

不要问别人自己该怎么活,
开心就好...

15

再无晴朗天气，
就自己成为风景

看过那么多别人的故事，电影也好鸡汤书也罢，无论是痛心疾首还是豁达重生，我们最想获得的不是别人那样轰烈的爱情，而是那些故事里认真的说辞，教你怎么好好爱，好让原本寂寥的生活能拥有一剂针药，在作死时悬崖勒马，失心疯时药到病除，不至于白瞎了自己，成为别人的一个玩笑。

但后来嘴里念着别摔倒的是我们，摔得最狠的也是我们，告诉自己不许哭的是我们，哭成傻逼的也还是我们。

我们听过许多道理，却依然过不好这一生。

这句话原来是真的。

止痛片先生是我同事，还未熟识时便听说他是豆瓣红人，ID 名字很高冷，写的东西更是感觉文艺有距离，后来见了本尊，才发现是一个特别好亲近的人。个子不高，笨重的大黑框眼镜挡住了剑眉，脸颊有两坨硕大的咬肌，拍照喜欢张嘴吐舌头显脸小，骨子里也还是一个萌萌哒爱美少年。他身体里那磨人的愁绪全仰仗于他爱文艺片爱到深处无怨尤，哭点极低，触到他的电影能从电影院一路哭瘫回家里。可能也因为这种忧愁，止痛片先生常生病，微博隔三差五分享在医院吊点滴的照片，他的工位上常备一盒止痛片，时不时头疼，拿来吃一片。

遇见晴天小姐是在他从厦门回来的飞机上。为什么会去厦门，因为他梦见大学的初恋，醒来后哭了，一冲动决定回学校看看。那几天，厦门少有的清凉，脑袋也痛了一路。回程飞机上，一个小女生昏昏沉沉地坐到他旁边，他朝人家看了看，很可爱，有点《九降风》里初家晴的感觉，暂且唤作晴天小姐。

其实她数错了位置，应该坐在前一排的。没一会儿，本来该坐在止痛片先生旁边的大婶过来了，操着尖嗓子说晴天小姐坐错位置，但她不说话，捏着自己的机票，一副精神不太好的样子，大婶见状怕了，认栽在前排坐下。

吃饭的时候晴天小姐把水洒了一桌，止痛片先生把纸巾给她，她擦完后又从自己包里拿出一袋还回来，止痛片先生不好意思，说没事儿，她还是一声不吭，吃过饭便把头靠在前排椅背上，保持这个姿势许久，连空姐问她她也不理。

止痛片先生脑袋又不舒服了，吃下一片止痛片，然后把药放在一边睡过去了。直到被晴天小姐推醒，问他有没有止痛类的药，普通话很不好，大概是广东或者香港的女生吧。止痛片先生立马把药给她，说吃一片就行。她就着果汁吞了药，又保持沉默。

下了飞机后，止痛片先生先出来，下意识地想等等她，但迟迟不见人，只好先走，结果途中口袋里的止痛片掉了出来，他回去捡的时候，晴天小姐也正好停在那要帮他捡，他自己捡起来，没想到她竟然颔首致谢，一时间让止痛片先生莫名，她补充，是谢谢你飞机上给我的药，他恍然，连忙笑着说没事没事。

那是那天他们为数不多的一次对话。

止痛片先生说她那天就穿了一件单薄的黑色外套，一双白色皮筋鞋，好担心北京的大风会把她吹跑了，担心她普通话那么烂，打车的时候能不能跟司机说清楚，但后来就没再见她。

　　《重庆森林》里有这样一句台词，我们最接近的时候，我跟她之间的距离只有 0.01 厘米，五十七个小时之后，我爱上了这个女人。

　　止痛片先生没用到五十七个小时，就爱上了晴天小姐。

　　回来后的止痛片先生苦于相思，每天公放着陈洁仪的《心动》魂不守舍的，让整个办公室陷入奇怪的氛围，好像打破一个水杯，都想蹲下来抱着自己哭一场。他相思晴天小姐到什么程度呢，恨不得每天都去机场看能不能偶遇她，甚至还学那些大 V 在微博上发起寻人，但都无果。在我们以为这段缘分像是他头痛后的某个臆想，吃片药就痊愈的时候，他们又相遇了。

特别奇妙，看完电影的止痛片先生哭着从电影院出来，第一次戴隐形眼镜，结果被眼泪冲进了眼皮里，他痛苦地揉着通红的眼睛，刺得眼泪一直掉。后来是晴天小姐递上纸巾，止痛片先生闭着一只眼看向她，没出息地又哭又笑。

那晚，晴天小姐说她想喝酒，于是止痛片先生带她去后海的小酒馆，他明知自己酒量不行，但怎想不行到一杯就醉了，瘫倒在桌上看晴天小姐一个人默默地喝，喝得脸和脖子红成一片，止痛片先生一把抢过她的酒杯，醉醺醺地嚷，上脸的人不能喝太多，结果晴天小姐眼泪唰一下就落了下来。

她是香港人，有一个相恋六年的男友，他们在中学就认识，一起组了乐队，她是主唱，男友是鼓手，热恋时男友也跟她说过脸红的人不能喝酒，只不过后来任凭她再怎样红了脸，即便喝死过去，男友也只是不痛不痒。因为他突然跟晴天小姐说分手，理由是对她的感觉已经不是爱情了，没有第三者，也不想瞒她。

她问止痛片先生，为什么人可以突然不喜欢一个人呢。他一直在等我一个回应，可我说不出啊，我唯一想说的，就是我还爱他，其实他可以一直瞒着我的，我根本不想知道这个事实，痴线！

止痛片先生听完，给自己点了一杯莫吉托，嚷着你别喝了，我替你喝。那晚他醉得不省人事，连怎么回家的都记不住，伴着如锤子凿般的头痛醒来，他后悔死了，因为忘记要晴天小姐的联系方式。

再一次与晴天小姐失联。

大概又过了一周，晴天小姐出现在我们公司，当天是止痛片先生二十六岁生日，他戴着蛋糕店送的王子帽，举着自拍杆，做了一个极丑的吐舌头表情，看到晴天小姐那张惊愕的脸，他差点没咬舌自尽。

原来是那晚遗留了张名片，晴天小姐找过来说是要还他酒钱。终于见到传说中那个让止痛片先生朝思暮想的姑娘，我们自然没少起哄，拍立得单反手机齐上，拉着他们合影，让他们靠近一点，再近一点。止痛片先生扭捏得很，推着自己的黑框眼镜不停重复人家有喜欢的人。结果呢，第二天就请了年假，给人家当免费导游去了。

止痛片先生给晴天小姐设计了一条疗伤路线，带她去了故宫，爬了长城，在颐和园里划过船，在南锣鼓巷的小剧场看过话剧，在哆啦A梦展前留下过自拍，从五道营胡同的文艺小铺到大望路繁茂的商圈，喝着北京老酸奶，被火锅辣到爽。止痛片先生说，他来北京四年，好像是第一次这么近地感受这座城市，他把手放进裤子口袋里，摸到那盒止痛片，沉吟半晌，他心想，脑袋好像也是第一次这么轻松，原来已经可以不需要止痛片了，或者，找到了一种更有效的止痛方法。

晴天小姐回香港前，疗伤路线进行到最后一站，止痛片先生带她去了北戴河。晚上晴天小姐坐在海边发呆时，他放了烟火给她惊喜，两个人脸上泛起五颜六色的光晕。见晴天小姐眼角噙着泪，止痛片先生朝她身边坐了坐，挺直腰想让她靠，但她只是独自蜷缩着身子，抱着胳膊微微颤抖起来。

止痛片先生犹豫着拍拍她的背，无言安慰。

烟火放毕，止痛片先生还变出一个孔明灯，两个人在把这些平时电影里的桥段做完之后，天空终于回归安静，只能听见潮水无奈地涌上而后退去。止痛片先生当时就想，这么多美好的风景，看完离开后却没有太多难过，可能因为潜意识知道这些风景自己带不走，他们根本不属于你。

有的人也是人生中那一抹风景。

晴天小姐就是那抹风景。

那句"在北京多玩几天吧"还没勇气说出口，晴天小姐的男友就打来了电话，问她在哪里，来回几句惯常的问候后，晴天小姐又心软了，甚至想当晚就飞回去找他。

事后我埋汰过止痛片先生，刚过了二十六岁生日，父母见着你已经会开始催婚了，你看过那么多爱到死的电影，头疼了那么久，好不容易不用吃药了，为什么不去争取一下呢。

止痛片先生嘴巴倔，但心底比谁都柔软，他后来飞了一趟香港。打通晴天小姐电话的时候，对方显然很讶异，两个人约在海港城的奶茶店见面，结果那家奶茶店街头街尾各有一个，双方傻乎乎分别在两个店等了许久，

最后再碰上反而是在路途中间偶遇。

世界那么大，他又碰到了她。

听晴天小姐讲自己的男友，看她给男友带鱼蛋面的紧张样子，看男友对她不耐烦她还一副心甘情愿的样子，他渐渐确定了此行的目的，单独找了晴天小姐的男友。当他看见一个落寞地承受老爸留下的一身债务，还要为所谓音乐梦想憋屈的男人，似乎也理解了他为什么要跟晴天小姐分开。是啊，当年光芒万丈地打着架子鼓，高喊着万岁的梦想，结果却填不饱肚子。

在一条走不通的路上不服气死磕，摔得遍体鳞伤还喊着坚持的口号，我们不都是这么傻么。

止痛片先生买了一碗杯面，在晴天小姐男友的小开间里陪他坐着，聊到晴天小姐，止痛片先生说，东西坏了，别想到丢，试试看能不能修，我们都一样，拥有的东西很少，别等到什么都没了，才学会哭。

他没跟晴天小姐告别，坐上了回北京的班机，他把头埋在小桌板上，掉了很久的泪。看《非诚勿扰2》时，姚晨说，千万不要相信一见钟情，他虚弱地瞥了眼旁边的座位，晴天小姐没在那里，于是更加伤心。

直到我起笔这篇故事，止痛片先生都还没有从这份遗憾里走出来，或张口大笑或沉默寡言，在他的工位上孤单得就像一座废弃的海港，曾经停靠的船只早已遥远。他有一百种让自己忙起来的办法，但想她在这些方法之前。甚至有次吃饭给我们秀他新买的钱包，也是因为碰巧上面有他和晴天小姐名字的缩写。他说，权当纪念。

他又开始吃止痛片了，经常因为头疼得工作都进行不下去，趴在桌子上一副铩羽而归的样子。我给他介绍西城的按摩师傅，他也不去，够任性，但这就是我认识的他。

他给我发来 QQ 消息，好长一段，说他们去北戴河那次，他其实把对晴天小姐的心意都写在孔明灯上了，还特意用繁体字写的，虽然晴天小姐好像没什么反应，但他相信她一定看到了，所以她还是回去找男友，就已经给了他最好的回答。

爱情就像固定的算术题，就算用再多的公式，用再多的草纸，做到最后总会有一个答案。而止痛片先生早就知道这个答案了。

电影和书里教你一百种面对爱情失意的办法，给你循循善诱，把此生所有绝学炖成浓稠的鸡汤告诉你，要学会放手，你会变得更好。但其实，没有什么办法能减少失恋这个事实本身带来的创伤。

别人的话不能，一顿美食不能，一次旅行也不能。发生了就是发生了，就像那个你撞上的电线杆，它始终都会在那里，唯有被时间打磨得伤痕累累后，带着这道疤，去找下一段风景，即使今后再无这般晴朗天气，那这段经历已然让自己成了最美的风景。

亲爱的晴天小姐，我不敢肯定你跟男友现在是否还幸福，但唯有祝愿，愿那个男人越来越好，因为这样，平行世界的止痛片先生才能放心，放心让你继续留在他身边。尽管我知道，其实你们一开始就彼此无关。

止痛片先生一定会找到一个姑娘，靠那一片药，治好他的心痛。

16

总要有荒唐的人事，

来完整你的人生

这个世界有那么多未知，每一天时间都不够用，只是我们习惯了，把自己活成了不了解自己的人，想要什么，想去哪里，就连想爱的人，都不确定。天南地北转啊转，遇见太多人经历太多事，但都毁在一颗不够坚定的心上。

Red 说，人的命过一天少一天，爱的人见一面少一面，根本没时间矫情。

我跟 Red 是在大学学生会认识的。凭着我中学画了六年黑板报的傲人资历，刚进学生会宣传部，就扛下了画活动海报的重任，于是大大小小的活动都要我苦逼地蹲在办公室门口画海报，往往一画就直奔了零点去，当然我不孤单，那时陪我的还有 Red。

Red 是个伪文艺妹子，The Killers 乐队死忠，听歌会跟着抖的那种，但穿的衣服都是素色小清新，看的书是秋微、严歌苓、安意如，最关键是有一头自带柔光的长发，拿去拍洗发水广告都不用做后期。

她卡通字体写得好，经常就是我排版，她写字。刚认识那会儿，碍于她女神属性太明显，我这等屌丝只得站在一旁看着，她蹲在地上头发铺满了整个后背，美好得像一幅画。后来熟络了，才知道她骨子里的女神经本色，于是我俩一人一耳机听摇滚，边画画边玩她的头发。她头发从不保养，只用一个绿色瓶子的洗发水，她说那些发膜啊护发素啊都是骗人的，她这头发经不起折腾，每天给它喝杯凉茶就特高兴。

我当时就觉得，这头发跟她人一样，简单，好满足。

大二那年，Red 在他们摇滚同好会里跟一个外校的好上了，那个男生表面看上去肌肉胡子一米八，实则是个林黛玉，隔三差五地去医院吊点滴，说是家族病，从爷爷那一辈下来身体就不好。刚开始热恋阶段，Red 还会常去医院陪他，时间一久，就变成口头慰问，无论对方大病小病，都以"多喝水"搪塞，两人靠着手机联络感情，维系一个月一次的见面。那个林黛玉知道 Red 常跟我在一起，抱怨声不停，为此我也郑重其事劝过 Red，她的回答倒是坦荡：两个人谈恋爱，又不是非得活成一个人的样子，各自开心就好，没必要他病我也得跟着病，好爱情不需要乱付出。

我当时不懂，觉得她太狠心，可后来看她博客才知道，她没去医院陪他，是因为不想惯着他的身体，如果想见面，就好好地去见她。

旁人永远不会懂别人爱一个人的心情和处理方式。就像我不理解大四那年她放弃了学校给的美国交换生的机会而跟着男友留守成都的原因，因为在这之前，那林黛玉出过轨，跟医院里的一个小护士搞暧昧。小护士是卫校的实习生，说话声酸酸甜甜的特腻味，林黛玉没忍住，乱了性子。

这事是 Red 自己发现的，她没跟男友说，默默以正房姿态找小护士私下聊过，内容不得而知，但小护士之后再也没有对他们这段感情有半点纠缠。断了念想的林黛玉，又重新投回 Red 的怀抱。

所以到了后来，我对林黛玉全然失了好感，每天盼着他们分手，但结果不尽如人意，只能眼睁睁看着 Red 跟林黛玉在市中心租了套房过上同居生活。她进了银行工作，每天柜台来来往往再多人，下班后都会回到一个人的身边。

当初是谁说不要活成一个人的样子，最后却自己露了怯。

毕业后我去了北京，听室友说 Red 成了银行的最美柜员，大家都爱去她的柜台办业务，她的林黛玉还露了真身，原来老爸是煤老板，24K 纯金富二代。看似在自己选的路上走得平稳顺利，结果好景不长，她跟林黛玉分手了，对方甩的她。

去年 The Killers 在北京开演唱会，Red 特地飞过来请我去看，全程疯得形象全无，等最后一首歌唱完，她披头散发满脸是泪。在吵嚷的人群里，她红着眼问我，你知道人怎么个死法是最痛的吗。

"作死。"她说。

怪自己太相信美好，以为看多了文艺书随便说一两句鸡汤就可以给自己洗涤心灵，但其实所有的鸡汤都是炖给别人喝的，拥有的时候看不见尽头，到头了，才知道曾经的矜持都是白搭。林黛玉跟那个新欢在一起，双方父母很满意，门当户对，结婚证都领了。

而后，Red 又回归正常的银行小柜员生活，继续爱着文艺书，也继续听着摇滚，那一头盘起的长发把小女人的气质衬托得淋漓尽致，好像不曾受伤，也似乎宣告着，没人能伤得了她。

故事的高潮是她收到林黛玉的喜帖，恭请她两个月后去塞班岛参加他们的婚礼。这么丧心病狂的事只有极品前任做得出来，更丧心病狂的是她还张罗着去了，免费出国旅行，不去白不去。

身为日夜画过海报的昔日战友，我一想到这个傻姑娘尴尬地祝前任百年好合时脸上的表情，就心里痒痒，为此特意让成都的几个好友帮忙给她介绍对象，争取在前任的婚礼上也有个保护自己的盔甲。

我大学寝室另外三个兄弟都留在成都，一个单身俩有伴，狐朋狗友无数，上到官二代，下到钵钵鸡连锁老板，挨个儿游说他们去 Red 的柜台办业务。有几个对她挺有好感的，但 Red 却十动然拒，全程冰冷地拿着红章啪啪一顿盖。这其中有一个旅行社的小青年，三天两头来买签证费、取护

照，但他又是唯一不主动跟 Red 搭讪的，安分地等着她办好业务，再按下"非常满意"的评价按键。而且银行怎么说也有四五个柜台，小青年每次来排号都能被她叫了去，冥冥中注定有缘。但 Red 嫌弃对方太娘，一口咬定是个妹妹，后来也不了了之。

林黛玉的婚礼安排在塞班岛北边的一个豪华度假酒店，整片私人海滩都弄得喜气洋洋的，几张长桌子上全是各种酒和美食，海风一吹，都是钱票子的味儿。

婚礼很随意，致辞后没多久，大家就纷纷找吃的去了，以至于林黛玉一时兴起，竟然举着酒杯操着四川话给自己灌了起来。只身前来的 Red 跟林黛玉的几个大学好友坐在一起，那些人见面就叫嫂子的习惯到了现在都没改过来，弄得大家几次陷入尴尬。

等大家在杯盏间有了醉意时，林黛玉也拉着新娘子晃悠到了他们面前。林黛玉醉了，伸手捋起 Red 的头发丝，喃喃自语，"没想到你会来。"Red 也不客气，长发一甩，举起香槟杯，看着二位新人说："当然，怎么能少得了我，同学一场好歹要祝你们幸福，希望你们这段婚姻牢牢靠靠的，你骨子里那个爱钓鱼又爱晒网的脾性当在我身上实验过就得了，千万别耽误了你媳妇儿。说实在的，真感谢你当初丢了网，不然我真不知道自己还能游到大海里去。"

话里有话，新娘子脸绿了，林黛玉则红着眼圈，打心眼里觉得 Red 过分善良，分手了都还想着他。

略荒唐的酒局过后是更荒唐的麻将局，几个成都麻友竟然带了几副麻将来，招呼服务生把餐桌的残羹一收，立刻着手搓起麻将来。Red 嚷着要加入，头一回在异国他乡吹着海风打牌，别有一番情趣，不知是不是酒精作祟，几圈下来，觉得头有点痛，便一个人悻悻地去一旁休息了。

躺在沙滩椅上，长发被风吹着，连着假睫毛混乱了视线，有那么一瞬间，她好像看到了大学时跟男友亲昵的情景，恍惚间想起方才给男友交了份子钱，口口声声叫对方"老公"，仿佛还是昨天的事。她觉得困，于是眼睛一闭，就什么都不知道了。

再次见到 Red 是 2014 年 4 月。我出版了新书终于能回成都签售，家

人和朋友都来捧场，唯独缺了 Red。想想从两个月前她去了塞班岛后似乎就断了联系，我以为是各自忙碌，但那天才知道，Red 正在市里的医院躺着，半个月前刚做了手术，脑袋里长了个瘤，让她直接晕在了前任的婚宴上。

事情的荒唐远不止如此，比如这颗瘤让她一睡就睡成重度昏迷，让她爸妈第一次飞去国外居然是去医院签女儿的病危通知书，让她以为要做开颅手术于是剪掉了一头留了二十多年的长发。

不知为什么，知道她的长发被剪掉比知道她得了这病，还让我难受。

室友说她手术很顺利，微创，没有开颅，但现在走路没有平衡，左耳听力也有些下降，还得靠时间康复。去医院之前，我先给她打了个电话，一听是个老阿姨接的，便想当然以为是她妈妈，问她找下 Red，她粗哑的嗓音却告诉我，她就是。

我喉咙一紧，有些犹豫去看她了，怕到时候控制不住情绪。一个当初跟你玩闹的大活人现在病恹恹躺在床上，没发生在自己身上真就体会不到那种听到对方声音都想哭一场的冲动。

见到 Red 的时候，她正在看书，一切都比我想象的好，没瘦，气色也挺好的，只是眼睛里的光淡了些，像是被手术割走了精神。她也没戴帽子，直面自己现在的小寸头，见我来就一个劲儿呛我说现在是个小名人也愿意来看她这等草民，我哭笑不得，埋怨这么大的事居然不跟我说。她倒是又搬出大学时讲鸡汤的架势，说这种事多一个人知道，就只有担心和同情，第二天还得做各自的事，每个人都不容易，她抓紧康复，我们抓紧生活。

这鸡汤一讲，再看她这光秃秃的脑袋，我只能借说话的当口吞气，把眼泪给憋回去。她说某天醒来的时候头发就没了，也难过也伤心，枕头都

哭湿了好几个，但后来想想，自己也是死过一回的人了，头发跟这比起来，太微不足道。就像刚失恋那段时间，也觉得天黑过，世界塌过，觉得今后也不会再这么爱谁了，但后来总要学会妥协，因为还是会奋不顾身爱一个人，还是会遇见比今天更糟糕的事。

她之所以落得这步田地还这么想得开，其实还因为一个人。那个在旅行社上班的小青年，成了这段时间照顾 Red 的红旗手，当初流连在 Red 的柜台间闷骚的暗恋，终于变成大方袒露的心声，从出钱到出力，从安慰父母到陪 Red 复健，事无巨细，以至于压力太大弄成面瘫，左脸做不出表情来。

颇有些患难夫妻的意味。

那天在离开的路上，恻隐之心作祟，想起大学时 Red 蹲在我面前，头发铺满背的样子，就想揉眼睛，越揉指节越湿，她剪去了长发，似乎就没有什么放弃不了了，属于 Red 的青春，好像就在这里结束了。

但想想，应该正在到来。

写故事之前，刚跟她通了电话，说她转了医院，离小青年的家近一些，那边的父母也可以帮忙照顾。我告诉她即将变成这篇故事的主人公，她就让我也给她取个小姐的昵称，我想了想，不如就叫活得明白小姐吧。

我们每个人，都会经历生活的不易，但眼泪和抱怨都是用来发泄的，要走的人不会因为你哭一场就留在你身边，让你委屈的事也不会因为你的怨怼就默然消失，生活总要不时挤出一个微笑，好让自己知道，当我们没有选择权利的时候，只有咬牙面对。或许当一切波澜过去，你也在成熟中清醒，自己曾经错误放弃了什么，而属于你的，是否仍在坚持。

The Killers 有首歌里这样唱：So happy they found me, love was all around me, stomp my boots before I go back in（他们带给我快乐，用爱包围我，我轻踏靴子，愉快地回家。）我想 Red 一定会感谢那些在她生命里离开和留下的人，已过去和未完成的事，因为有了伤害和荒唐，才完整了她的人生。

在找到属于自己的靴子前，愿你黑夜有灯，梦里有人，坚定并一直美好着。

在喜欢的人面前，
总会不自信，
开始学会自卑
…

设定了所有未来对象的标准，
在你身上含泪作废…

前面那些年受过的苦，
爱错的人，剩的寂寞
因为遇见你，觉得值得了……

no.8

关于喜欢你的 9 件事

以前什么都要给自己最好的
现在一切都留给你…

想和你生猴子…

你连你想吃饭，提我也饿了，
你快乐所以我快乐
…

你和我最重要的梦
长得很像…

由天活得像个
私家侦探
...

看到你和别的异性
花一起时，想死...

由看喜欢的人统一图，
就看到了全世界。

17

那些拧不开瓶盖的女孩
后来怎样了

每一个拧不开瓶盖的女孩上辈子都是折翼的天使，这一生才会被万人宠幸，其他女生都敬而远之，还能遇见无数力大无穷的男朋友，大喊着，放着那瓶盖别动，我来。

这时就要特别介绍一下我这位朋友，江湖人称深公子，性别女爱好男，别说拧瓶盖，她能徒手开酒瓶盖，以及独立安装马桶盖。

她也有一头精心烫染过的棕红头发，每天也会妆发完毕见人，随心情变换唇色，朋友圈也会隔三差五发自拍，嘟唇微张，揽收上百个点赞。性格好人又开朗，有股别的女孩没有的劲儿，别人家的女生谈恋爱都让男人猜啊猜的，她两手一挥，猜你妹啊，一根直肠子比谁都直接。

她有无数个让女人看了会流泪，男人看了会沉默的优点，唯一有一个算是缺点的缺点。因为很小的时候重病一场，吃了激素，从此变成了个胖子，寻遍任何减肥良方无果，在这个专注于自己的时代，索性胖得高兴。

好在她脸小，长得也漂亮，找好角度上镜后也能唬住一大票男生，那会儿韩剧《想你》热播，她自称肿版尹恩惠，每天在公司欧巴卡机麻角色代入。她的办公桌上全是各种来自世界各地的代餐饼干、浓缩果汁、酵素，她其实胃口很小，只是喝口水都能变成脂肪，饱受二十多年来自身体对她的恶意。

她一直是个乐观的胖子，没因为身材而感到半点自卑，反倒是有种魔性的自信心，每天衣服不重样，怎么性感怎么来，去海边她最先穿着比基尼在沙滩上狂奔。她的字典里没有"陌生人"三个字，永远自来熟，吃个饭喝个酒，都能与邻桌的人打成一片。以韩国组合 Super Junior 里的金希澈为最高信仰，比谁都笃信，未来一定会有一个这样的欧巴驾着七彩祥云或者宝马奔驰来娶她。

深公子有两个事迹让我印象颇深，一个是有次她在高峰时段的地铁上，被挤到一个小伙子面前，那人盯着她肚子打量了一眼，立刻起身让座。一般的胖子绝对认为这是种侮辱，而深公子一手捂着肚子一手撑着腰坐下，淡定地说了句，年轻人谢谢啊，然后舒服地在地铁座上睡大觉。另一个是因为她毕竟体型出众，每每出去玩都会成为我们拍黑照的主角，我还给她做了表情包，没事就在公司群里开玩笑。有次我见她在朋友圈发了个哭泣的表情，以为是伤到她，特意私聊跟她道歉，结果她发来一连串哈哈哈，说她哭是因为 Super Junior 出了新辑回归。

她怪我太不了解她，说这么多年，心早已变成最强的肌肉，不是她不想瘦，而是瘦不下去。改变不了的事，只能接受，模特有模特的活法，演员有演员的活法，胖子也有胖子的活法，每个人都有自己美好的一面，我不知道我最好的那一面在哪，我只知道现在这样的自己挺快乐。

深公子是北京人，家里条件不错，坐拥丰台区两套房产，父母也宠她，但她比同龄人独立，工作经验异常丰富，高中毕业给某饮料做夏日促销，大三去了腾讯时尚频道实习，做过 H&M 的销售，最不可思议的是还在滑雪场做过服务员。

她前任就是在滑雪场认识的，前任滑雪的时候扭伤了脚踝，摔倒在半山坡上，想打电话求助不巧爱疯因为室外温度过低自动关机，最后还是眼尖的深公子及时帮了他。事后那前任竟然开启猛烈追求攻势，正中缺爱的深公子下怀，很快跟他确定了关系，可没过几天，前任露出渣男本色。直截了当地跟深公子说，跟她在一起不过是想凑合体验一把重量级的。深公

不要因为别人的言论就否定自己.
不在乎你的人，根本不必讨好.
在他们眼里，你没那么重要

子意外平静，带着一抹温婉可人的笑，对那渣男只说了一句话，任何事情都不要将就，尤其是爱情。

我们都以为深公子会趁着一个月黑风高夜把那渣男堵在墙角，让其自行了断，不见点血都不足以平民愤。结果她只身打飞的去了香格里拉散心，每天跟一只猫住在一起，其间还认识一个小和尚，那个小和尚最多十四五岁，但张口闭口都是成人哲学，深公子起初还本着一颗找人消遣心，后来干脆跟他一起打坐冥想。

她跟小和尚讲极品前任，讲这些年受过的委屈，以及藏在心里的苦，小和尚特别机灵，非让深公子叫他师父才肯为她解惑。

她亲爱的师父说，永远不要为了让别人同情你、认可你，而说你做过的事数你吃过的苦，那样一点都不酷，只会让别人觉得你大惊小怪，因为你不知道，世人皆苦。

告别了师父和客栈的猫，深公子如受佛法镀身，自带光芒回到北京，目测好像瘦了不少，只可惜那几天雾霾重了点，吃得稍微多了点，很快把她打回原形，权当一切都没发生过。

在之后要面对的生活面前，那一点小坎坷根本太细碎，优秀的标准太私人，爱你所爱，选你所选，做你所做，不为讨好任何人而存在着。

有一次我们在电梯上，有个满头大汗的胖子男踩进来超了重，堵在门口的一位整容女嚷嚷着这么胖就不要往里挤了，门都关不上。但其实里面还有空间，整容女只需往里走走，说不定就没事了。胖子男一看就是个哑炮，大气不敢出一下，默默退了出去。当时深公子把拎包递给我，上前挤开整容女，把胖子男直接拉了进来，然后朝那女的说，或许你出去，我们这门也可以关上。

接下来是来自两个女性嘴皮子的巅峰对决。

想起深公子说她高中被班上的同学排挤欺负，同桌每天都给她起各种外号，她终于忍不了，拿了把小刀摔在他桌上，喊了一声，你若是真那么讨厌我不如戳我一刀吧。那男生立刻吓傻了，从此再也没嘲笑过她。

看过很多又美丽又酷的女人，像是在《史密斯夫妇》里冒着枪林弹雨保护自己男人的安吉丽娜·朱莉，像《哈利·波特》里总能在哈利和罗恩需要时挺身而出，带着坚毅的眼神念出一段流利咒语的赫敏，像是《万物生长》里的范冰冰，爱你时风情万种，离开时也能保持一身孑然。像四十九岁唱摇滚走音的张曼玉，两手插袋说，我看到了说我走音的报道，我就在百度搜寻如何帮助自己不走音，但找不到，所以我今晚也是一样会唱到走音，我很高兴能实现自己的梦想。

看着昂首挺胸为胖子正名的深公子，那一刻我真的觉得她太酷了，而且非常漂亮。

金牛座的她在生日这天更新了一条朋友圈：我爱自己的每一寸肌肤跟赘肉，我与自己和解，我不再是另一个拼命想要逃离的怪物，我会是一匹被驯化的、温柔的、可与我并肩作战的骏马，我相信自己值得被爱。

不知她上哪找来了这么高阶的人生感悟，但我无比相信，结局定能如她所愿，一生幸福。

我们每个人其实都是平凡的，可能笨了一点，长相普通一点，要成为那些闪闪发亮的人，几率确实渺茫。包括我自己，难免会有不自信的时候，这是人类设定初始都有的情绪。可当这个世界并没有对你温柔以待时，反而要有种视死如归的硬气，看清自己的优势和短板，在不长的生命里做好自己的主角，活得舒服。

不要因为别人的言论就否定自己，不在乎你的人，根本不必讨好，在他们眼里，你没那么重要。如果你把嘲笑和奚落当做人生这场恶战的敌人，那就相信自己身负钢铁盔甲背后千军万马，怕什么，前面等你的或许是善意的嘉奖。

请接受你现在的样子，同时也完善你现在的样子。运动让你更有气质，读书让你看见未见过的世界，穿衣打扮让你对每天都有期待，不需要成为别人嘴里的那个人，只愿自己在摩肩接踵的人群里，不会因为平凡而感到心慌，心里有底气，这个世界上不会再有第二个我了。

知乎上有一个提问，关于拧不开瓶盖的那些女孩后来都怎样了。

下面有一个很好玩的回答：渴死了，被自然选择淘汰了。

我一度认为那是深公子的回答。

我的不足

快弥补好了的

想弥补却一直弥补不了的

别人一直强迫我弥补的

打死也不想弥补的

18

人使金钱变得万能

前阵子回答了一个专栏问题，比金钱更重要的是什么？

活了二十多年，见识过高山流水，片面懂得什么是真的快乐，会有觉得时间不够用的时候，也感叹过人要拥有健康才经得起后半辈子的福报，因此觉得，比金钱更重要的是……很多金钱。

我不是一个视钱财如命的人，但现阶段仍觉得金钱是最可靠且摸得着的东西，而且随着欲望不断升级，对钱的需求用蔡健雅的一首《无底洞》可以高度概括。

我有个志同道合的朋友，在钱方面特别大方，每次出来聚餐他抢单的方式都令人咂舌，正常人想方设法逃单，最多默契 AA，但他总会在恰到好处的节点掏出信用卡，并且身上永远有现金，姑且叫他抢单先生。

抢单先生是广告配音员，标准暖男范本，五官感人身高惊人声音撩人，可他并不是有钱人。这么多年还是跟朋友挤在五环外的一个小两居里，除了去棚里录音，闲暇时间就在家做广播剧赚外快。他爸妈是做涂料生意的，中学前还算个没烦恼的富二代，结果因为妈妈的出轨，让两位中年人步入无休止的战场，没心思营生，导致原本整个华北片区的生意逐年锐减。两人离婚的时候，他爸净身出户，亲戚都说他孬，只有抢单先生知道，他爸狠不下心，因为爱就会卑劣。

妈妈再嫁后几近陌生，从此抢单先生都跟着他爸。这些年他爸都再无二婚的打算，一直单着，靠之前仅剩的资本和积攒的人脉勉强养老。抢单先生经历这一役，对钱变得格外敏感，高中时就做好未来五年赚钱计划，因为从小爱动漫，大一开了一个 CV 社团，专门做广播剧在网上传播。其间还兼职做过电器销售，当过五毛水军，还去必胜客卖过披萨。毕业后因为帮联通广告配音，声音太性感被前辈挖去成了广告配音员，只是这个行业算不上夕阳但也属于边角，入行先吃三年萝卜干饭，出名的配音员翻来覆去就那么几个，尽管国家每年都说要大力扶持，但一直提不上日程。

抢单先生说，自己机遇一直不错，只是前半生老天给他开的玩笑太大，虽然生活如同买家秀和卖家秀差距惊人，但仍然坚持筚路蓝缕地朝人生目标一步步迈进，要永远活得像个有钱人。

对于他的抢单哲学，我一直很疑惑，为什么已经不是富二代，还老是打肿脸充胖子。他说，大家太熟了，不需要充胖子，你们早知道我实际斤两了。只是觉得饭钱不贵，跟你们在一起，两个字，值得。如果我没这个能力了，脑袋撞坏也不会抢着埋单。

听着还挺生动。

他曾经给我总结了三点致富经。第一，钱不是省出来的，而是花出来的，很多喜欢省钱的人不懂生活，其实每次花钱的时候，会潜意识提醒自己要加倍努力。第二，赚钱这件事没有方法论，没有谁是可以套用别人的成功学。只能自己在踏实工作的同时提高技能，因为技能的改变，可以影响环境，当踩到更高的台阶时，就能吸引相对应的能量，带来新的财运。第三，可以找个富婆，直接省略前面两步。

我用一个真挚的白眼送给他，不过花钱这点倒是真的。我一直信奉质量守恒，东西存不住，只要有舍才有得，不是说没有目的去浪费，而是在计划内合理满足自己的欲望。人的时间成本太高，这个节点想要的东西，看似无足轻重，但拥有以后或许能节约更多时间为下一段人生带去惊喜。就像你为了省钱不买的那条裙子，等到今后有了钱再穿，年纪已经不合适了。这个世界上什么都会过期，时间不是你放进冰箱和罐头就能保鲜的东西，它只能被当下的你握紧。

去年冬天的时候，抢单先生接了个私活，为一部地面频道的电视剧配音。本以为一只脚跨进了影视行业，但最后除了微薄的报酬外还是与过往无异。在一个剧组，即便是个茶水工，在最后的演职员表中都有名字，而配音员没有。

晚上他叫我们几个朋友出来，这次难得地没有抢单，还多点了瓶很贵的白葡萄酒。整晚他话不多，偶尔听我们聊天给点反应，大部分时间都在一个人喝酒吃肉。结束后我们街道两边打车，我见他站在对面，整个人缩在厚实的羽绒服里，不住地搓着手，朝手心吹气。恻隐心一起，我鼻子有点泛酸，也不知道哪来的勇气，朝对面大吼，我们以后都会很牛 × 的。

只怪当时按喇叭的车太多，也不知道他听见没有。

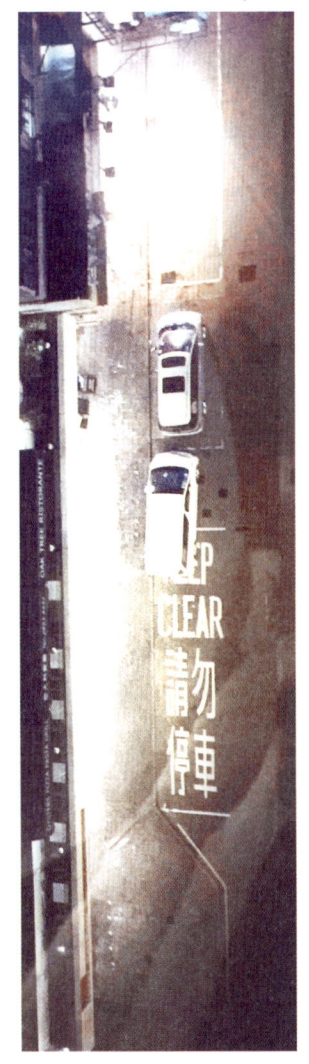

　　很多人也常把钱挂嘴边，但抢单先生跟他们不一样，虽然必须承认也是大俗人一个，见钱眼开，但于他而言，来不及比钱少更让他感到恐慌。

　　很多人说金钱买不到时间，但其实没钱的时候，我们最会花时间，花时间用最省钱的交通工具旅行，花时间为几块钱的事跟别人讨价还价，花时间愤恨为什么世界存在不公平,而自己潜意识又想变成上帝偏袒的那方。

　　如果有钱，可以省去很多用掉的时间。

　　抢单先生有一个谈了三年的女友，舞蹈学院毕业，我几年前认识抢单先生的时候他们刚好分手，女友受不了他一个大男人对钱这么执迷，做任何事都讲求计划，三观不同，再在一起也是浪费时间，她他从此无关。

一段长久的感情没有人会凭空无理取闹，抢单先生需要财务自由，而女友可能只需要一个简单的拥抱。但就像抢单先生后来说的，他一直都在努力给她更好的生活，只是过程很辛苦，以至于她忘了，其实每天都会拥抱。

比金钱更重要的是什么？健康、快乐、爱情、自由？很不幸，这些东西都是建立在经济基础上，它们最多只能说跟金钱同样重要。满足了经济基础，确实能带来无限的自信，机会，相对意义上的自由，不一样的爱情，更好的健康。你可以否认，那是因为你还在成为有钱人的路上。

生而为人最悲惨的，就是我们必须接受社会强加的这个飘着铜臭味的交换法则，但很庆幸地，我们因此而活得有目标，能在犯选择恐惧症的时候，有两者都要的魄力，也在未来有人离开你时，拿出一个人也可以很好的勇气。

有次我跟抢单先生吃火锅，虽然我比他年纪小，但被他几次抢单后也觉得面皮薄，于是专门趁上厕所的空当去埋单，结果服务员说他进门的时候已把信用卡放柜台上了。

没见过还有比他更迫不及待花钱的人了，但我知道，他一定又为继续蝉联抢单冠军，朝自己梦想的那种人更近了一步。

爱钱并不可怕，坦坦荡荡，光明磊落，它不是一个什么见不得人的事情。关键是要知道，如何努力才能获取它，把那些冷冰冰的数字变成属于你自己的财富。

因为，人使钱变得"万能"。

愿你接下来的日子，做每一件事都有实在的收获，没什么优点，就是有钱。

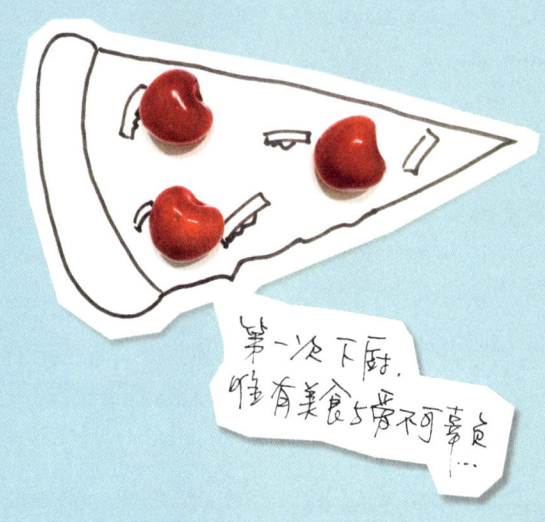

第一次下厨，
唯有美食与爱不可辜负
……

毕业歌唱起的那天
牵着你的朋友，
说好要一辈子不分离
……

no. 9

车厘子

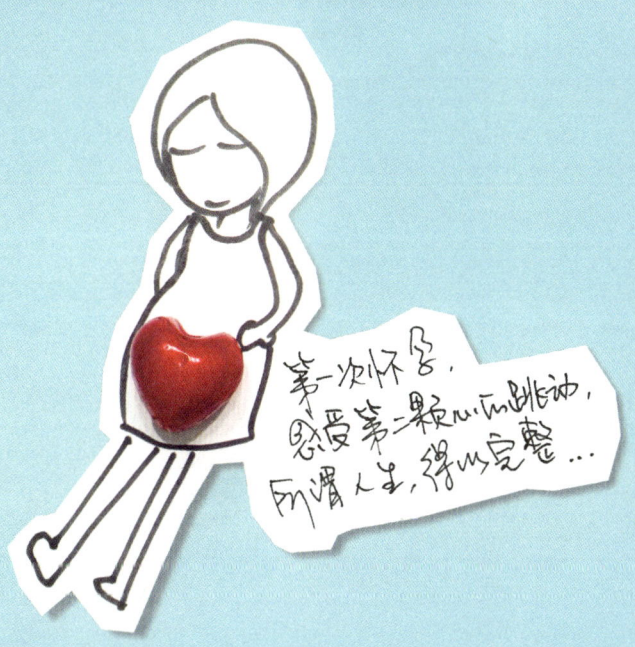

第一次怀孕,
感受第二颗心脏的跳动,
所谓人生,得以完整…

第一次收获，
告诉你无需靠别人，
你想要的，
是能自己给自己...

第一次接吻，
世界都是甜的
...

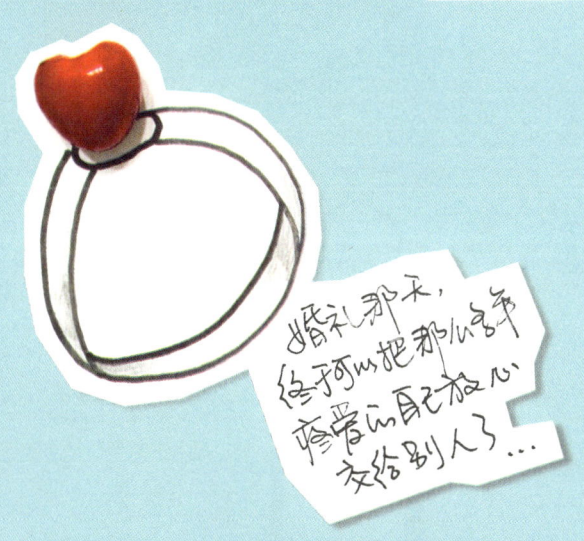

婚礼那天，
终于可以把那么多年
疼爱的自己放心
交给别人了…

一个人旅行，
也许会孤独，
但只要出发了，
就能遇见新的自己
……

第一次失恋，
感谢那个舍弃你的人
放弃了你，
让你可以找到更好的他
……

愿你

生活顺意

有人疼有人懂

不再孤单

第一次穿高跟鞋,
与青春告别,
对成人世界的精彩向往…

旅行

不过是取决于遇见谁

有这样一种平凡的男人，长相不出众，才气不亮眼，没经过什么大风浪，毕业后就有一份稳定的事业单位工作。生活娱乐乏味单调，没有人会关注他，永远随波逐流。

路痴先生原本是这样的人。

他在二十七岁时遇见他的今生挚爱，女方是苏州人，长发及腰，说话声像是吃了蜜糖，因为担心路痴先生丢到外面回不了家，索性嫁给了他。当时没人祝福他们这段婚姻，但没想到两口子把往后的日子过得格外甜蜜。

结婚后路痴先生的隐藏技能被开启，虽然分不清方向，但特别会制定旅行攻略，终于在订机票酒店规划路线上有了其他男人没有的闪光点，为此成了朋友的旅游顾问，还让他们夫妻俩把旅行视作了终身爱好。

他们没买婚房没有生子打算，除了维持生活的日常开销，把钱都存下来作为旅行基金，每年去两个国家。说来也浪漫，他们旅行没有目的地，地球仪一转，手指到哪里去哪里。

他们第一次出国是去马尔代夫，加上转机三十多个小时的飞行，坐在他们前面的是一个外国中年男，从飞机平飞后就不停找空乘要酒喝，结果后来这哥们喝大了，开始唱起歌来，还要路痴先生和他老婆跟他一起跳舞。

当然空乘及时制止了他们，但也打开了路痴先生的新世界大门，身边的朋友都木讷老实，原来这些老外真的像电影里那样随性又开心。

他们第一个老外朋友是在法国南部的小城格拉斯认识的。当时为了省钱，夫妻俩住在当地的青年旅馆，男女分开，房内有独立卫生间。路痴先生的房间住着一个不爱说话的黑人和一个奥地利背包客，背包客倒是热情洋溢，介绍自己叫 Leo，环球旅行爱好者，一听路痴先生是从中国来的，立刻秀起拳脚功夫说是李小龙的粉丝。路痴先生用蹩脚的英语把自己制定的路线介绍给他，让他感动不已，旅行结束前硬是塞给他一瓶当地出名的香水，说是有缘再见。

没想到后来他们竟然真的在瑞士相遇。那天路痴先生刚穿好滑翔伞装备，远远就听见有人在喊他的名字，定睛一看，Leo 带着一声叫唤跟着教练冲出了崖边。

世界终究是太小。

瑞士的消费惊人，路痴先生跟他老婆吃个三明治都要好几百人民币。好在不差钱的 Leo 解救他们，带他们去朋友家蹭住，喝红酒吃烤鸡，开着一辆跑车载着他俩兜风。当时正值瑞士的冬天，积雪漫过小腿肚子，他们飙着车，路痴先生哆嗦地把老婆拉起来，站在座位上接受风雪洗礼，一路大叫"So cool"。

那个时候路痴先生认定，一定是过去萎靡的生活让老天都看不下去，才派他老婆来拯救他，好让自己选择出发。如若继续满足于自己的象牙塔，那一辈子都不会知道，原来这个世界上真有这么一群人在过着你无法想象的生活，而只要踏出这一步，自己也可以过得无比斑斓。这一切，完全取决于自己的选择和态度。

当然他们的旅行也不是没有被泼过冷水。有一次去泰国正巧赶上政变，当地人集体抗议，围着四面佛主干道的一整条街都搭满了帐篷，人们就在里面静坐，甚至还搭建了舞台，时不时有人在上面唱歌演讲，场面十分混乱。

已经做好完美计划的路痴先生不信邪，非要赶着这个时候凑热闹走完

景点，不幸最后迷了路，大晚上又打不到车，退而求其次坐了个 TUTU 车，结果被车主拿着小刀勒索。

钱损失一点事小，倒是让路痴先生和他老婆彻底吵了一架，老婆开始翻起旧账，当头给这个好不容易燃起点信心的男人一盆冷水，路痴先生一时间没忍住脾气，说了些不好听的话，泰国行狼狈告终，甚至让他们的婚姻都面临危机。

接下来几个月两人都不待见对方，双人床背对背各睡一头，互相等着看是谁先主动示好。好在年初就计划好的美国行悄然而至，成功让两人破冰，大美利坚的魅力把他们送上了飞往旧金山的班机。

路痴先生在民宿网上订了一个中欧气质的小别墅，房东是个儒雅的男士，一进门就跟他们说不要客气，当成是自己家。这家有一股特别的檀木香味，客厅放着精致的皮椅，桌上摆着的都是他跟另一位男士的合影。房东说这是他的爱人，因为做房产经纪，时常不在家，两人聚少离多，一有时间就去各地旅行。他们在一起已经快二十年，旅行最能看清对方是个什么样的人，走了再远再多的地方都不重要，只要他在身边就好。

说来惭愧，路痴先生自责不已，计划了将来那么多路线，却没计划好现在该怎么走，看见了外面的世界，却忽略了身边的世界。

旧金山的黄昏，万事万物都陷入一抹惬意的金色里，路痴先生迎着落日开车，车里放着 Maroon 5 的 *Beautiful Goodbye*，动情时他腾出一只手紧紧抓住老婆，他老婆则把另一只手放上来无声回应。

那一刻，他觉得曾经笃定是正确的东西，其实未必是对的，曾经特别重要的事情，也没有想象中那样重要。从此他不再做完美无缺的计划，不再让每次旅行变成一场暴走的战役，而是到了当地查查旅行软件，凭着心情喜好选择去向。

有一次他们在离开大理前，空了半天时间，于是决定再去镇里逛逛。路经一家青年旅社时，看见店主贴的孤儿学校支教志愿者招募，出于好奇便进去打听细节。店主叫燕姐，本是广州知名的生意人，婚姻失败后就来大理开了青年旅社，后来因机缘接济了当地的孤儿，对这些孩子的感情一泛滥，便花光所有积蓄办起一所孤儿学校。

他们听着燕姐抹着泪讲那些孤儿的遭遇，当即做了个决定，第二年的两次假期都来大理支教。跟孩子的相处改变了他们，2010 年年中，路痴先生终于做了爸爸，家里的财政支出全部偏向这个小生命，他们的旅行目的地由地球仪换成了中国地图，走不远，因为一出门就想回家。

接下来的五年里，他们带着小儿子一起去过很多地方，在乌镇的河边放花灯，在香港的迪士尼里学巴斯光年对儿子大喊，"To infinity and beyond！"在新加坡的夜间动物园与独角犀亲密接触。对他们而言，旅行有了更重要的意义。

谁都会谈旅行，而我们大部分人的旅行，都拘泥于一张调色后的风景照和顶级美颜效果的自拍，匆匆来去，不过换一个地方睡觉吃饭聊天。有时候，或许真正的旅行，是给过去的自己一个迟到的仪式，让你暂时放下自己，不再纠结于生活中的细碎，与那些与你无关的娱乐八卦、无聊乏味的家长里短告别，去做你想做的事，成为你想成为的人。

电影《星际穿越》上映后，我曾看过一篇文章，讲地球在宇宙中的位置，而我们人类对于宇宙而言又意味着什么，意味着你身体里每天都在更新换代的细胞，和你早晨铺开被褥之后扬起的灰尘。人类太弱小太渺茫，在宇宙的时间长河里，我们不过百年的一生又有什么意义。

我们毕竟是普通人，要究其最终意义没人能说得清，唯有安分地做着普通的事，努力赚钱，用力生活，不断走出去，看看外面的世界。总有一天，无论你在哪，也都能照顾好自己，那这一生也不算白活过。

或许城市与城市间本身无异，但人与人却有千差万别，与某人相爱，跟谁结缘，在下一站又因为谁开启新的人生，旅行是生活行走的一个状态，而生活其实取决于遇见谁。

路痴先生在二十七岁那年，初到南京，在 KTV 陪客户唱歌，出来上了个厕所的工夫就迷了路，找不到自己的包厢。途中第一次遇见他老婆，便问她，115 号房间怎么走，他老婆说她在 114，于是告诉他，左转直走第二个路口再右转，左手边就能看见。看着路痴先生迷惑的样子，她摇摇头说："等我一下，我带你回去吧。"

那时她一定不会想到，走了漫漫长路，他们最后回了家。

I wanna go …

- ☐ Afghanistan
- ☐ Australia
- ☐ Brazil
- ☐ Belgium
- ☐ Canada
- ☐ China
- ☐ Cuba
- ☐ Egypt
- ☐ France

- ☐ Greece
- ☐ Hungary
- ☐ Iceland
- ☐ Japan
- ☐ Korea
- ☐ Sri Lanka
- ☐
- ☐
- ☐

with _____

20

忘了去记得

你身边一定有这样一个"贱人"，生命力顽强，爆发力惊人，目标明确，关键是还聪明，靠一张损嘴打遍天下无敌手，浑身带刺，尽管多数时候让人恨得牙痒痒，但你必须承认特别喜欢她。

当傻白甜们把那种软绵绵的脾性凸显得格外昭彰，贱人的人格魅力在众人中就变得万分讨喜。

讨喜的仙人掌小姐近几年的人生要义就是减肥，原因是因为想跟她结婚九年的老公补拍婚纱照以及补办酒席，但每每临近拍照的时候，要么是减掉的肉成功反弹，要么就是又跟老公吵了撼天动地的一架。

认识仙人掌小姐是在去年，我在上海领报喜鸟新锐艺术人物文学类大奖时，她是活动公关那边的。略圆润的身材套着一身服帖的复古西装，手拎着细高跟整晚光脚忙碌着，印象颇深。

典礼结束之后，我们在凯旋路附近的一个小酒馆喝庆功酒，她满脚贴着创可贴，散了架般陷在软皮沙发里，听我在准备新书，便借着酒劲跟我讲她跟老张的故事。

老张是她大学老师的朋友，大她八岁，一枚胡茬胸肌齐全，颜值才华兼备的乐队贝斯手。仙人掌小姐从小爱音乐，中学就玩吉他自己写歌了，大学时成了摄影发烧友，经常帮她老师的音乐工作室拍纪录片。有次拍了一个当地非常出名的乐队，被其中的贝斯手也就是她未来老公看上了，成天学校门口拦，电话短信围堵。孤傲的仙人掌小姐不为所动，但几次音乐上的互动后，让两人碰了碰灵魂，倒也成了朋友。

仙人掌小姐毕业后的第一份工作是在一家音乐公司做彩铃版权。初到上海那晚，她就把钱包贡献给大巴上的小偷了，除了左手一把吉他右手一

台合成器外身无分文，最坑爹的是老款诺基亚适时没电关机。走投无路的时候她颠了颠背后的吉他，一咬牙直接在路边卖起唱。只可惜那时的她染着一头白发，一身中性皮衣，妆容又无比到位，路人都以为是行为艺术没人肯给钱，最后还是三个高中生一起凑了十块钱买了个万能充给她。

她感激涕零地给手机冲了几格电，分别发了求救短信给她老师和老张，老张没理她，老师倒是实诚地说刚好他也在上海，让仙人掌小姐打个的士去找他，后来听说老师不但付了的士钱，请她吃了晚餐，还塞给她一千块钱应急，三十多岁的单身熟男散发着超五星的男性荷尔蒙。

然后仙人掌小姐跟老张好了。

好像故事有点走偏了，但现实就是这么意外。后来仙人掌小姐问过老张，那天为什么没回她短信，他说，你自己看看你发的什么。她去发件箱一看，"海"字打成"我"——你在上我吗。

那时老张的乐队刚出了专辑，非要让仙人掌小姐品鉴，她半推半就地把耳机塞进一只耳朵，没想到越听越上瘾，甚至连老张随即送来的吻都觉得好舒服。因为这张专辑他们恋爱了，只是他俩没挑好日子，那天刚好是中元节。

从此周年纪念都在鬼节，非常符合二位气质，只是当时的他们并不知道，会彼此鬼吼鬼叫地一起生活九年。

前三年仙人掌小姐就跟老张的各种前女友斗智斗勇，加之年轻时看待爱情太幼稚，稍微有点风吹草动就会跟老张吵架。当时老张给一个过气歌手伴奏，被她知道他们以前好过以后，又一次世界大战爆发，仙人掌小姐甚至一激动抡起客厅的富贵竹就朝墙上砸，还好没砸中人，但把老张怒气值拉到顶峰，动手推了她一把，她没站稳跌到地上。

仙人掌小姐盘腿坐在地上不起，直接打了110告老张家暴。最后警察真的上门了，了解情况后把他俩请去警局做笔录。一路上那个警察就不停念叨老张，说老婆是用来疼的，你也真是够本事，能把老婆气到报警。仙人掌小姐全程得意，得意到一进警局看到这架势就怂了，笔录还没开始做，就主动跟老张讲和回家解决。

诸如此类的吵架还有很多，最严重的一次，是有一年圣诞节，老张朋友组的局，没想到其中有一个老张中学的初恋。整晚装萌的初恋不顾仙人掌小姐那张忍无可忍的脸不停往老张身上蹭，终于仙人掌小姐仰头解决一整杯威士忌，摔了杯子就抓着那初恋的脸，说亲爱的你好可爱啊，然后把她的眼睫毛撕掉了。

此后就是没休止的战争，仙人掌小姐说她这破日子受够了，下楼买个菜都能遇到他某个前女友。老张则嫌弃她的刺猬病，谁没个过去呢，最后目的是她不就得了。

仙人掌小姐闹分居，叫她两闺蜜上他们家打包行李，老张也没拦着，自顾自玩着他那破贝斯，临出门前仙人掌小姐想告个别，但见他如此一无是处，想了想又作罢，反正他们肯定完了。

那段时间仙人掌小姐借宿在闺蜜家里，天天看《鬼吹灯》治愈失恋，还自己弹吉他，录了首戴佩妮的《怎样》挂在网上，此意当做纪念。闺蜜家在一楼，她的房间外面有个小花台，有天在拉屎的时候闺蜜突然敲门，说老张从花台翻进来了，她吓得蹲在马桶上用手机指挥作战，让闺蜜一定要把他赶走。最后蹲到腿麻，扶着墙出来，看着自己的空房间怅然若失，怨老张没用，那么容易一赶就走。

当晚下了一场雨，第二天一早仙人掌小姐拉开窗帘，老张眼睛通红地趴在窗台边。

仙人掌小姐终于忍不住，没哭，开窗大骂了他一顿。

两人和好后仙人掌小姐去拜访了一位大师，大师说女人嫁给男人，能让男人的正财落位，稳定事业增进感情。于是她回家就轻描淡写地说，老公，我给你开运，去领证吧。在老张一无所有的时候，仙人掌小姐嫁给了他，提前进入裸婚时代。

结婚就像放了个屁一样随意，这还得仰仗仙人掌小姐一对开明的爸妈。尤其是她爸，对女儿采取放养政策，但又非常在意小节，要求仙人掌小姐不管在外面如何邋遢回家见他们二老必须妆发到位，把自己捯饬成巨星，不然准挨骂。这位潮爸曾说过，没有什么卖女儿，我也不开条件，你跟阿猫阿狗结了婚还是我女儿，开心就在一起，不开心就离婚。

两人结婚后，老张事业果真好转，就连恼人的前女友也没再来他们的世界闲晃。2010年的上海世博会征集歌曲，老张的乐队获得了"最佳乐队"。第二天仙人掌小姐和乐队的人自驾旅行，经过太湖的时候，老张带头脱个精光跳到湖里，乐队剩下的三人迅速跟上，仙人掌小姐就在岸边边笑边拍视频记录。最后留下了一张特别美好的照片，挂在他们上海的新家客厅里辟邪：乐队每人拿着书啊草的挡着重要部位，仙人掌小姐站在他们中间叉着腰无比神气。

后来这几年，两位艺术家仍然开着争吵模式相处，会因为鞋架如何摆这种事小吵，吵大了老张就保持缄默，说大家在气头上最好别讲不合适的

他的意思不走，你就好意思陪一輩子

the BRAVEST of you

话，后来有次老张气得站在二十七楼的窗边，仙人掌小姐想去拉他，结果力气没用对给拉脱臼了，自己默默去医院接骨。两人看似恶劣得要命，但只有他们知道彼此的重要，就像有一天仙人掌小姐习惯给老张做早餐的时候，才想起昨天还在吵架。那时她挺想嘲笑自己的，对这个世界可以心大到漏风，但对老张就永远跟小孩子般小心眼。

也就对他一个人小心眼。

两人婚姻走到第七个年头的时候，仙人掌小姐纤瘦的身材走了样，巅峰时飙到一百六十斤，还特别爱吃烤五花肉，也是后来一次体检，查出她的心肝脾肺肾都有问题，才狠下心减肥。老张看着她油腻腻的样子，默默说，当时跟你在一起的时候不知道你变这样，能退货吗？仙人掌小姐睥睨着眼问，你试试看？老张不怀好意地笑，末了，轻声说了句，老婆，我们找个时间拍个婚纱，再补给你一场婚礼吧。瞎矫情什么啊，仙人掌小姐翻了个身，眼睛立刻就湿了。

从此健身房去得更勤快了。

故事到这里，我问仙人掌小姐，在一起九年，那么多次想分手闹离婚的，就没想过重新找一个？她说，难死了，应该再也找不到一个能在他面前打嗝放屁磨牙裸奔都无所谓还很舒服的人了，这九年每次吵架反而多了解对方一点，让我知道沟通有多么重要。跟他在一起，我变得更淡然了，他从没要求我改变，但是潜移默化地却改变了我，这么多年，谢谢他抱过我，带走我的刺，才成全了最好的我。

当时网上流行一个划名字的游戏，写下你生命中最重要的十个人名，然后一个个划去，最后只能留一个。当时潮爸毫不犹豫地对仙人掌小姐说，最后剩你跟你妈的话，我一定留下你妈，你妈是我的终身伴侣，这是我俩的世界，你也该有你自己的终身伴侣，他好意思不走，你就好意思陪一辈子。

人都不完美，一辈子又那么长，两个人如果还在一起，就要允许犯错，也要学会适当原谅，和一个人的优点谈恋爱，和一个人的缺点生活。

其实人都挺贱的，喜欢选择不好的东西让记忆刻骨铭心。今天记得的都是将来回忆的，有时候忘了两个人争吵的模样，忘了是谁每次无理取闹，忘了所有爱情里不必要的斤斤计较，记得美好，会比较快乐。

最近一次见仙人掌小姐，也是在上海，比我去年见她要瘦了些，头发染成绿色，戴着一顶黑色大礼帽，还是那副不可一世的样子。谈话间我印象最深的一句，她说你知道吗，分居那次我唱的那首《怎样》，老张后来偷偷录了和声，他的声音，真他妈好听。

当你看似到不了的未来，
都成了你经历过的淡风轻…

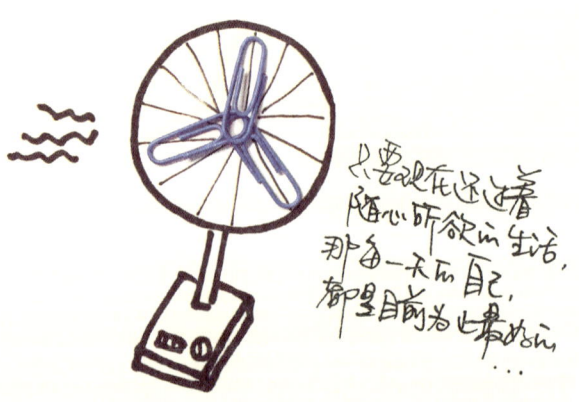

想要现在还过着
随心所欲的生活，
那另一天的自己，
都且前为止最好的
…

最好的生活是，有人爱有事做，剩下那点不快乐，可以自己治愈好。

回形针 no. 10

梦想不大，道路很长
开始了就别停下 …

爱情不是承诺，不是妥协
而是陪伴，且行且珍惜 …

无论是一人还是有人陪伴，
却要让自己和身边的人
获得快乐……

没有那么多过不去的事，
只有一颗不肯过去的心而
为自己，努力一把……

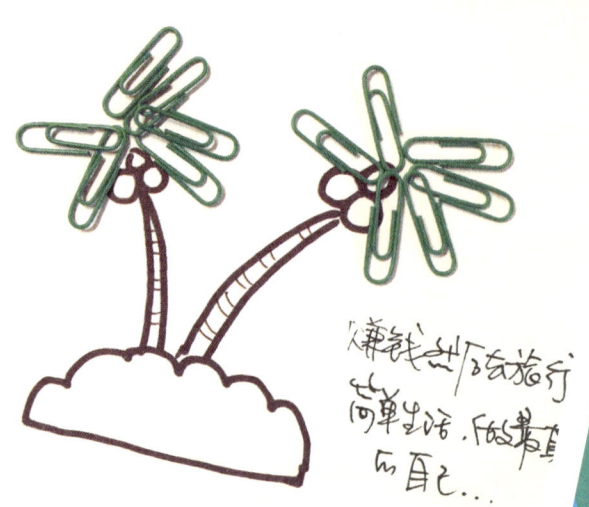

赚钱就为了去旅行
简单生活,做简单
的自己...

想得太多不如
简单去做,
不知道自己往哪走,
就走现在可以走的路
吧...

21

只有自己

会永远陪着自己

我以前是个胖子。

还是个内向的胖子，所以从小到大都是被欺负的命，跟那些青春片里的桥段无异，无非是被锁在厕所里，作业本被藏起来，桌椅上被涂满502胶。再过分一点就是心理上的，体育差每次投篮球或者接力赛都会被嘲笑，变声期声音稍微细点就被骂娘炮，抑或是默默躲在角落演着路人甲无人搭理。

童年时光没什么值得炫耀的回忆倒是真的，但也一点不耽误我成为一个活在自己世界里自得其乐的人。

初中受《圣斗士星矢》影响，上课屏蔽老师，把作业本都用来写小说和同人文，为此唯一值得骄傲的就是作文经常被当做范本来念，只是因为文风诡异，如若被其他班的语文老师阅卷，常会落得偏题的下场。我从小还喜欢画画，没事儿就用铅笔在课桌上画星矢，天马流星拳那法术效果嗖嗖的，画满了就擦掉再来。那会儿没日没夜地干着缺脑的事，也只有我自己清楚，外面的世界再热闹也与我无关，我是要守护雅典娜的男人。

好在上大学时上帝给我开了扇门脸不错的窗，半学期自然瘦成了五官还算对得起祖国的小"咸"肉。班上有女生追我，回到寝室还有兄弟捧我，第一次当上人生男一号，每天都拼命开心。直到自甘堕落到一场无疾而终的暗恋里，才稍微收敛了锐气，靠年少时积攒的一点文笔为赋新词强说愁，体会了一阵子肝肠寸断。

但我这肝啊肠的不争气，没断多久就痊愈了，因为时间真的太可恶，转瞬就到毕业，所有人忙着工作归属没空悲伤。恰好当时有出书的机会，我便带着满身单细胞拎着箱子就去了北京，一下飞机听着大帝都人民的儿化音倍感亲切，在毫无南北方过渡的情况下，我在北京一漂就是三年。

没有谁是不曾经历困苦就一夜成熟的，很多人毕业后都留在家乡提前进入养老模式，于我而言去大城市的原因不过是从小被欺负惯了想换个环境而已，只是换得稍微有点狠，刚到北京那一年确实不好过。在我和我爸妈的价值观里，几百块钱可以租到很好的房子，但在北京最多就只能租一间次卧……的一半。我又死要面子逞强自己过得很好，嘴上跟他们说着足够了，身体上都是靠我给各种杂志社投稿来勉强生活。

也是这一年，我去过私人软件公司当销售，每天打几十个电话推销他们抓数据的产品，后来又有幸去了某国企单位给他们运营官微，跟一群不说话的程序猿一起吃喝拉撒。2012年伦敦奥运会，刘翔退赛震惊全国，我写了一条为飞人加油的官微结果被顶上热门微博，粉丝数疯长，我震惊了整个部门。但因为气氛实在不搭，我还是提了离职，美女上司请我在三里屯附近的高档素食餐厅吃饭，大意是想留我，但具体说了什么我忘了，因为整晚我注意力都放在桌上那个立着一棵芭蕉树的盛菜器皿上了，要知道上面不过放了几片蘑菇。

有钱人的世界我实在不太懂，至少当时对于出了两本书都仍然穷到捉襟见肘的我来说，这些与人打交道的烦琐事，不是我擅长。

从国企离职后，我跟朋友一起做了宣传公司，三年下来公司在业内也小有声誉。直到今年，有幸翻身成了畅销书作家，还靠当年课桌上那一点涂鸦练笔变成了半个插画师，最关键的是在微博上竟也有了话语权。尽管后来"心灵鸡汤"很委屈地变成了贬义词，但我仍然觉得能为别人打鸡血的东西，都值得歌颂，哪怕看完只带去了三分钟热度，但那三分钟所做的事情，可能会改变一个人的一生。

生活变得宽裕，生活方式反而越发趋于简单，公司和家两点一线，一有空就写稿看书，晚上到时间再想想有什么心情能在微博上分享的，因为我知道有人在等我。

如此循环往复。

前几日去上海做活动，工作人员来接我，问起我的日常娱乐，我笑着说，没有娱乐，上一次去KTV还是一年半以前。说出来我都觉得像是玩笑，但仔细想想也确实如此，身边的朋友都比我大，早已过了营造热闹的年纪，平时也最多约上同小区的几个朋友来家里点个外卖，看场家庭影院，若是富余的假期很多，就去旅行。我好像直接跳过了疯狂的年纪，过得像个未老先衰的老头子，但也跟当年的那个胖子一样，永远在自己的世界里安闲自得。

可能因为是白羊座的关系，跟别人聊天常掏心掏肺，即便是媒体采访，也能说得太直白把自己乐得四仰八叉，他们问我不可能永远都这么正能量，总有烦恼的时候吧，我挺笃定的，我说确实好像没有什么烦恼。当时他们用很怀疑的眼神看我，就像不相信我曾经胖过一样。

小时候不懂事闹过情绪，但越大越发现情绪不过是内心的怪兽，放出来除了给自己造成一片狼藉，并不会解决问题，还要花时间灾后重建，而且后来的诸多经历不过是一次次验证了墨菲定律，所有烦恼和害怕的东西一定会在某天不期而遇。

人因变化而不安，所以预料之外的所有事都会滋生恐慌，勇敢的人最多只能做到"接受"，很多人却学不会"承受"，我处于二者之间，主动给自己找事，也愿意有一些突如其来被动的考验。

比如有次在书店里看到微博上互关的作者新书，结果翻到封底当场傻了眼，那句被标黑加粗的句子是我写的。还看到插画的创意被外国人山寨，结果反而有人跑来说我是抄袭，虽然心里也是问了自己几千个为什么，但更多的不解后来还是成了创新的动力，暗下决心，要一直走在前面。

这两年的两本书成了热点，喜欢和讨论的人都有，人其实都很脆弱，很难接受负面评价，但我还是会常常找虐地去看那些差评，目的是为了让自己免疫。垃圾书也好没营养也罢，问候我祖宗爹妈的我也感激，反正我也不会改。诚意的建议对我来说是礼物，也让我更珍惜每一份认同与鼓励，放心大胆做自己。

微信朋友圈刚出来的时候，什么都发，特别实诚地暴露自己，久了就觉得挺没意思，面对这个私人的新闻联播，大家都分享着想让别人看到的那一面。我生病也想发个状态抱怨一下，写不出稿子也想骂句脏话，碰到难缠的客户也想发一个小 S 翻白眼的表情，但每每编辑好准备按下发送的那刻，就觉得特别无趣。何必呢，想让别人知道你过得有多不好，还是想麻烦那些真的担心你的人带来劝慰和告诫，但那可能更会让自己掉进烦上加烦的死循环。

有时候我就在想，这么多年鲜有不快乐，很大一部分原因，是因为活得比较自我，倒不是说自私，而是比较专注自己，善于调试到让自己舒服的状态，不会影响晚上睡一个好觉和第二天睁眼的好心情。说到底，人之所以矫情悲伤，都是因为太闲了，你暗恋的人正用力爱别人，你羡慕的人往往比你更努力，你讨厌的人也一直待在那里，所以少看别人，多看自己，学会充实自身，忙碌是最安心的快乐。

YouTube 创始人陈士骏在自传里写道：不管他们是住在有泳池的大房子里，还是睡在公司的地板上，不管他们是在加州的草坪上喝着咖啡凝神静思，还是在中关村拥挤的餐厅排着长队，心里却对代码念念不忘。反正，他们永远会站在"无聊"的对立面，永远那么折腾，绝不会让自己虚度光阴。

我想这就是我保持乐观的要义吧，在没人跟我玩的童年一刻不闲着施展着天马流星拳，在一个人的北京挤在破烂民房和狭小的工位上忙着生存，在被很多人记得的现在也不觉有负担而更要步履不停。

反正永远别停下来。

我曾经说过一句话，其实一直陪着你的，是那个了不起的自己。这或许在外人看来只是个无关痛痒的口号，但对我而言，是我这么多年最嘚瑟也是最温柔的悟性。世界很乱，唯有自己最可靠，谁都会走，只有自己会永远陪着自己。

无论有没有人认同你，无论是不是三好学生，无论经历是否优秀，无论有没有人爱，无论长相美丑运气好坏，自己都应是最坚定的。

所以，永远不要看轻自己，不要给自己设定那么多迷茫彷徨抑或是烦恼纠结，不要因为别人三言两语就颠倒了自己的世界，也永远不要放弃自己。

晴雨决定天气，自己决定心情，需要时就捏紧拳头，为自己说一声加油。

the   BRAVEST   of   you

吃下这片止痛药 / 杨杨

　　小张交稿的时候，北京入秋了，天气微凉，是我心中这个城市最美的样子，由绿色开始渐变成金黄，让我想起去年北京签售时读者送的两束金黄色大麦。大家也是实惠，送的假花，正好可以一直放在书架上，每次看到都会想起第一场签售的紧张、兴奋。

　　转眼一年零六个月，这中间小张出了一本新书，从暖男作家变成了"张百万"；我俩的微博粉丝总数也从几十万，马上要突破三百万了（是的，其中将近两百万都是张百万的……）；然后，我去了一些新的城市"溜达"，手机摄影的工具从苹果5升级到了6 Plus。一年多的时间里，大概拍了两万多张照片，又占去了电脑硬盘三十多个G。

　　于是，到了删选照片的时候，就成了一项艰巨的挑战。

　　我有点强迫症，喜欢把照片存在电脑里，按照时间、地点整齐排列好，一个个文件夹看上去就好像一个个记忆的盒子，打开后，旧时空里的风景

和气味慢慢散开，带出来每张照片背后的联想：在爱丁堡，为了去楼顶拍下整座城市的夕阳，跟酒店的工作人员央求半天，连威胁带撒娇才说服他帮我破例打开了二十五层行政楼的大门；在日落大道的复古理发店，为了记录上世纪80年代的美国风情，花了五十刀理了一个奇丑无比的新发型，还被张百万开玩笑说，是不是打算去好莱坞演美国大兵；还有一次在伦敦出差，回国前终于有点自由时间就一个人带着手机去诺丁山拍照，结果彻底迷路，把钱包落在了出租车上，还差点拖累大部队赶不上飞机。

　　整理照片的时候，我突然发现，好像太顺利的旅行记忆通常很雷同，不管是纽约帝国大厦、洛杉矶环球影城、伦敦泰晤士河还是首尔的壁画村，留给我的印象大概都是那天好开心、那个建筑好壮观、那个风景好美、好美、真的好美，没了。

　　也许是因为在出发之前，我们透过经典的电影场景、别人的旅游攻略，甚至梦中的想象，太清楚完美的旅行应该是什么样子的。于是当一切"美梦成真"的时候，少了新鲜、少了惊喜、少了可以用语言形容出来的那一份特别。

总有一天，无论你在哪，
也都能照顾好自己，那这一生也算白活过

张皓宸 /著

写故事的人、「一个」App高赞作者、编剧、插画爱好者。
一直懂得爱自己，才知道如何爱别人，他的文字与插画总是正能量满满，
属性为中央空调，冬天供暖，夏日送凉。
已出版百万畅销作品《我与世界只差一个你》《后来时间都与你有关》。

微博@张皓宸

杨杨 /手机摄影

手机摄影爱好者，MTV中文频道VJ，这个星球上最会用手机拍照的主持人。
在世界各地溜达，用创意改造生活，也同时用手机记录下一张张好玩的照片。
相信用不一样的角度看世界，手机也能拍出大片。

微博@Young杨杨

扫一扫
可领取粉丝专享优惠卡，粉丝专属认证，购书立享折扣

谢谢自己够勇敢

产品经理 | 慢 慢　　　　执行印制 | 刘 淼

技术编辑 | 陈 杰　　　　媒介推广 | 景诗佳

特别鸣谢版权提供 | 　　　　策 划 人 | 路金波

监　　制：韩　寒
总 策 划：李海鹏
出版统筹：戚开源
编　　辑：一　言　赵梦黎　孟　味
封面设计：陆骏璇
版式设计：陆骏璇　欧阳颖

官方网站：wufazhuce.com
官方微博：@一个 App 工作室 @一个图书 @亭林镇工作室
官方微信：

图书在版编目（ＣＩＰ）数据

谢谢自己够勇敢 / 张皓宸著 ；杨杨摄. -- 南昌 ：
江西人民出版社，2015.11
ISBN 978-7-210-07902-6

Ⅰ. ①谢… Ⅱ. ①张… ②杨… Ⅲ. ①故事－作品集
－中国－当代 Ⅳ. ①I247.8

中国版本图书馆CIP数据核字(2015)第238378号

谢谢自己够勇敢

张皓宸 /著

责任编辑/王华

出版发行/江西人民出版社
印刷/北京华联印刷有限公司
版次/2015年11月第1版
2018年10月第14次印刷
开本/ 880毫米×1230毫米　1/32　印张：8
印数/ 555,001-560,000　字数/ 180千字
书号/ ISBN 978-7-210-07902-6
定价/39.00元

赣版权登字—01—2015—767

如发现印装质量问题，影响阅读，请联系021-64386496调换。

{终} *end.*